Sigrid Früh

Verzaubertes Hohenlohe

Sigrid Früh

Verzaubertes Hohenlohe

Märchen, Sagen, Bräuche

Silberburg-Verlag

2 3 4 5 6 06 05 04 03 02

Umschlaggestaltung: Frank Butzer, Tübingen,
unter Verwendung eines Aquarells von Johann Friedrich Reik,
Aufnahme: Roland Bauer.
Druck: Gulde-Druck GmbH, Tübingen.
Printed in Germany.

ISBN 3-87407-391-2

Inhalt

Seltsame und unheimliche Geschehen

Von Schelmen und Narren

Vorwort

Auf einer Wanderung

In ein freundliches Städtchen tret ich ein,
In den Straßen liegt roter Abendschein.
Aus einem offnen Fenster eben,
Über den reichsten Blumenflor
Hinweg, hört man Goldglockentöne schweben,
Und eine Stimme scheint ein Nachtigallenchor,
Daß die Blüten beben,
Daß die Lüfte leben,
Daß in höherem Rot die Rosen leuchten vor.

Lang hielt ich staunend, lustbeklommen.
Wie ich hinaus vors Tor gekommen,
Ich weiß es wahrlich selber nicht.
Ach hier, wie liegt die Welt so licht!
Der Himmel wogt in purpurnem Gewühle,
Rückwärts die Stadt in goldnem Rauch;
Wie rauscht der Erlenbach,
    wie rauscht im Grund die Mühle!
Ich bin wie trunken, irrgeführt –
O Muse, du hast mein Herz berührt
Mit einem Liebeshauch!

Mit dieser Hymne auf Bad Mergentheim hat Eduard Mörike gleichzeitig das ganze Hohenloher Land besungen. Selbst heute, wo im Zentrum des Alt-Württemberger Landes, in den belebten Tälern von Neckar, Fils und Rems, Industrie, Verkehr und Wirtschaft die Besinnlichkeit und Stille in die hintersten Dörfer der

Berglen und des Welzheimer Waldes verbannt haben, ruht über Hohenlohe noch immer das Lieblich-Verträumte, die Ruhe. Selbst in den Städten fehlt das hektische Treiben der Moderne.

Jahrhundertelang bestimmten die fränkischen Adelsgeschlechter das Land: Rothenburg-Comburg, von Bebenburg, von Lobenhausen, die Berlichingen, die Stetten, die Crailsheim und vor allem das berühmte Geschlecht der Hohenlohe. Dieses hat in der Weltgeschichte eine nicht unbedeutende Rolle gespielt: Von Gottfried dem Stifter, der mit seinem Bruder Konrad Markgraf von Apulien und der Romagna war und außerdem ein besonderer Vertrauter des Hohenstaufen-Kaisers Friedrichs II., über die Hochmeister des Deutschordens, die vielen Marschälle, Staatsmänner, Bischöfe und Kardinäle aus dem Hause Hohenlohe – immer sind es die beiden Doppelleoparden des Hauses Hohenlohe, die ihr Wappensiegel in die Geschichte des Landes eingedrückt haben.

Napoleon, der Länder und Grenzen sowieso missachtete, und König Friedrich von Württemberg haben miteinander Alt-Württemberg und Hohenlohe zwangsvereinigt. Aber bald wurden die ins fränkische Hohenlohe versetzten schwäbischen Beamten assimiliert, was übrigens bis heute so geblieben ist. Ein besonders amüsantes Beispiel, aus dem Jahr 1847, dürfte die Erinnerung eines jungen Stuttgarter Juristen sein, der als Oberamtsrichter nach Langenburg versetzt worden war: »Aber als wir unter vielem Keuchen der Pferde die Steige fast empor geklommen waren, dämmerte es im Osten, und zum ersten Mal sah ich die mir später so vertraut gewordene Silhouette des Langenburger Schlosses im Morgendämmer aufsteigen und freute mich des prächtigen Bildes. Der Postillon blies, als wollten ihm die Backen platzen, der letzte steile Stich den Kronenbuckel hinauf und durch das Tor hindurch war noch zu bewältigen, dann wurde aus den Gäulen der letzte Trab herausgeholt und wir hielten vor dem Gasthaus, der Poststation »Zur alten Post« zu Langenburg. Der Morgen war empfindlich kühl geworden, ich hüllte mich in meinen Mantel und stieg eilends aus, neugierig auf die ersten Schritte in der neuen Heimat. Ich betrat die saubere und gemütliche Gaststube, der Posthalter dienerte, und o Wunder – es sah gar nicht nach Morgen aus! Ein Tabakrauch hing in der Stube, die kaum geleerten Bierkrüge und Weingläser standen noch, eben erst verlassen, da und auf meine Frage entgegnete der Wirt, dass die letzten Gäste und Herren gerade erst nach Hause gegangen seien, wie das hierorts in Langenburg eben zu sein pflege. Ich dachte als überlegener Residenzler, das Nachtleben genug zu kennen, hier war ich aber nun doch erstaunt – in Langenburg schien man der Residenz über zu sein. Ich lebte mich rasch ein in den gemütlichen Betrieb, auch auf dem Amt ging alles ganz anders zu als in Stuttgart und es dauerte kaum ein paar Tage, da war ich ein eiserner Bestandteil der ach so lang sitzenden Langenburger Tafelrunde. Und ich blieb es, horribile dictu, mein Leben lang, ohne dass mich solches bereut hätte …«

Die Landschaft prägt den Menschen. Dies zeigt sich auch hier im sanft gewellten, lieblichen Hohenlohe, wo die Menschen eher zu dem Grundsatz »leben und leben lassen« neigen als beispielsweise in dem rauen, zerklüfteten Land der Schwäbischen Alb.

Im späten Mittelalter wurde auch das friedliche Hohenlohe von den Erschütterungen dieser Zeit heimgesucht: die sozialen Auseinandersetzungen des Bauernkrieges, in dem der hohenlohische Kanzler Wendelin Hipler eine führende Rolle gespielt hat, die Konflikte des Adels mit der freien und mächtigen Reichsstadt Schwäbisch Hall, die geistigen Auseinandersetzungen im Gefolge der Reformation. In Sagen und Geschichten sind diese Erinnerungen noch lebendig geblieben.

Unvergesslich ist die Gestalt des berühmten Ritters Götz von Berlichingen, dessen Heimat im Tal der Jagst war. Er half den Unterdrückten und warf, mit dem Anschein des Rechts, mit

Hilfe anderer Ritter Kaufleute nieder, die auf dem Weg durch Hohenlohe von Nürnberg nach Frankfurt reisten. Der Schlosshof in Jagsthausen bildet heute jeden Sommer die Kulisse für die historisch getreue Szenerie von Goethes Götz. Goethe schreibt, die »Lust zu fabulieren« habe er von seiner Mutter geerbt, deren Eltern aus dem hohenlohischen Städtchen Neuenstein stammten. Freilichtspiele haben in Hohenlohe eine lange Tradition. Es gibt sie auch in Schwäbisch Hall und Stetten. An der Grenze zu Hohenlohe, in Dinkelsbühl und Feuchtwangen werden ebenfalls Dramen im Freien aufgeführt.

Die Region zwischen Kocher, Jagst und Tauber zeichnet sich auch durch bedeutende Kunstwerke aus. Wer kennt nicht den Altar Tilman Riemenschneiders in Creglingen, das Weikersheimer Schloss und die Stuppacher Madonna von Matthias Grünewald? Alle drei Kulturschätze liegen so nah beieinander, dass man sie an einem Tag »erwandern« kann. Wer in Hohenlohe unterwegs ist, wird auf zahlreiche Madonnenstatuen stoßen. Und fast alle lächeln sie. Das Lächeln der Madonnen scheint über diesem Land zu liegen, auch über seinen protestantischen Teilen.

Diese Landschaft hat mich immer fasziniert. Sagen und Märchen sind dort noch lebendig. Deshalb konnte ich viele Texte aus mündlicher Überlieferung in diese Sammlung aufnehmen. An dieser Stelle möchte ich allen danken, die zum Entstehen dieses Buches beigetragen haben: Meinem Mann Helmut, der väterlicherseits ein Hohenloher ist und Teile seiner Kindheit dort verbracht hat; Frau Brigitte Schneider von der Grund- und Hauptschule Waldtann; Otto Falk; vor allem danke ich den vielen hohenlohischen Landfrauen, die mich bei Seminaren und Tagungen in meiner Arbeit tatkräftig unterstützt haben. Viele Sagen und Bräuche wurden mir von ihnen erzählt.

Sigrid Früh

Märchenhaftes

Die Quellenjungfrau

Zwischen Kocher und Jagst stand vor langer Zeit eine Burg. Dort lebte zu der Zeit, da Herzog Burkhard Herr in Schwaben war, ein Ritter, der in allen ritterlichen Tugenden wohl geübt war. Doch war er noch unvermählt und achtete wenig auf die Schönheit der Frauen.

Eines Abends, als er auf der Jagd war, kam er zu einer einsamen Quelle im Wald. Zu seinem Erstaunen sah er dort eine Jungfrau sitzen, deren Schönheit ihn überwältigte. Er sprach sie an und fragte sie nach ihrem Namen und ihrer Heimat. Zunächst antwortete sie nicht. Endlich sprach sie: »Ich bin der Geist dieser Quelle. Seit hundert und aberhundert Jahren sitze ich hier und warte auf die Erfüllung meines Schicksals und meiner Bestimmung.« »Und was ist deine Bestimmung?«, fragte der Ritter. »An dieser Quelle muss ich sitzen, bis sich ein Jüngling findet, der mich zwölf Monate lang mit unveränderlicher Treue liebt«, erwiderte die Jungfrau. »Was wird geschehen, wenn ein Mann dir solange die Treue hält?«, fragte der Ritter weiter. »Dann werde ich sterblich, bekomme eine unsterbliche Seele und mein Schicksal wird sich mit dem seinigen vereinen«, antwortete die Jungfrau. Darauf rief der Ritter: »Jener Mann will ich sein und dir auf ewig die Treue halten, das schwöre ich dir!« Da erstrahlte der Jungfrau Gesicht und sie sprach zu dem Ritter: »So höre die Bedingung meiner Liebe. An jedem wiederkehrenden Vollmond, nachts zwischen elf und zwölf Uhr, musst du mir hier bei dieser Quelle ohne Veränderung deines Herzens begegnen.« Zugleich gab sie ihm als Zeichen ihrer Liebe eine Lilie und diese steckte der Ritter an seine Brust. Auch versprach er frohgemut, was die Jungfrau forderte und hielt treulich sein Wort.

Nun waren elf Monate vorübergegangen. Da geschah es im zwölften Monat, dass sich Herzog Burkhard zu Besuch auf der Burg des Ritters ansagte. Obwohl dies dem Ritter nicht gelegen kam, so konnte er dem Herzog doch keinen ablehnenden Bescheid geben. So kamen denn die Gäste und eine Woche lang löste auf der Burg ein Fest das andere ab. Unter den Besuchern war ein schönes Ritterfräulein namens Mathilde von Königsegg. Diese war schon lange in den Ritter verliebt. Eines Abends, als der Ritter mehr Wein als sonst getrunken hatte, führte er Mathilde zum Tanz – und da verfiel er ihren verführerischen Reizen. Nachdem der Tanz beendigt war, geleitete der Ritter das Fräulein in einen Erker, presste ihre Hände an seine Lippen und flehte um Erhörung seiner Liebe. Da nahm Mathilde die Lilie, die bis dahin unverwelkt geblieben war, von seiner Brust und sprach: »Diese Blume sei das Sinnbild Eurer Liebe und ich will die Dame der Lilie sein.«

Jetzt fiel dem ungetreuen Ritter der Schwur ein, den er zur Stunde gebrochen hatte. Denn schon begann die Lilie zu welken. Er floh zu der einsamen Quelle im Walde. Aber die Jungfrau war nirgends zu sehen. Und obwohl er weinte und flehte, sie möge ihn ihr Antlitz nur ein einziges Mal sehen lassen, damit er sie um Vergebung bitten könne, drang nur ein stiller Seufzer an sein Ohr und es war ihm, als schwebe ein Schatten über der Quelle und verliere sich in der Luft.

Der Chronist aber erzählt von derselben Nacht: »Zwei Tage vor Mariä Geburt, im Jahr des Heils 928, nachts in der Stunde zwischen zwölf und ein Uhr, brach in dem Schloß ein großer Brand aus, und da zu selbiger Zeit sich auch ein entsetzlicher

Sturm erhoben, so ist das Schloß mit allem Inhalt alsbald in Asche gelegen. Es hat dieses Unglück einen argen Schrecken und Lärmen gemacht, denn es soll in der Burg zu selbiger Zeit arg hergegangen sein, weilen des Herzogs von Schwaben hochfürstliche Gnaden mit vielen Leuten, Jagends wegen da gehalten und in selbiger Nacht stark banketieret habe, deme auch, wie allen anderen, ihre gesampte Ausrüstung verbrunnen. Von dem Ritter, ist bei diesem Unglück nichts zu sehen gewesen und er ist erst am folgenden Tag, abends um vier Uhr, im Forste durch seine Leut gefunden worden, allwohl der Leichnam an einer Quelle gelegen, ohne dass ein Mensch gesehen, wie und aus was Art er vom Leben zum Tod kommen.«

Die Burg ist verschwunden und nur die Sage erinnert noch an sie. Aber jede Nacht, zwischen elf und zwölf Uhr, erscheint an der Quelle ein Licht und in Vollmondnächten hört man ein Weinen und Klagen.

Aschengrittel

Es war einmal ein junges Mädchen, dieses hatte eine Stiefmutter und zwei Stiefschwestern. Alle drei zankten ständig mit ihr und quälten sie, sodass die Arme schon früh recht viel zu leiden hatte. Sie musste alle Arbeiten im Hause tun und ihre jüngeren Schwestern durften ihr befehlen, was sie nur wollten. Und sie wiesen ihr die schmutzigsten und niedrigsten Arbeiten an, als ob sie die geringste Dienstmagd wäre. Sie musste Wasser holen, Schuhe und Kleider putzen, das Haus kehren und das schmutzige Geschirr spülen. Zum Anziehen bekam sie nur alte, zerrissene Kleider. Aus Spott wurde sie von der Stiefmutter und den

Schwestern nur Aschengrittel genannt. Denn um sie zu ärgern, warfen sie zuweilen eine Hand voll Linsen in die Asche und befahlen ihr, diese wieder herauszulesen.

Nun geschah es, dass der Vater in die weite Welt reiste; da fragte er seine Töchter, was sie sich wünschten, was er ihnen mitbringen solle. Da baten die beiden Jüngeren um schöne Kleider, goldene Ohrringe und Halsketten, die ihnen der Vater auch mitzubringen versprach. Aschengrittel aber sagte: »Vater, bringt mir das erste Zweiglein, welches Ihr unterwegs mit Eurem Hut berührt.« Die Schwestern lachten und spotteten darüber, weil ihnen dieser Wunsch gar zu dumm vorkam. Allein Aschengrittel kümmerte sich nicht darum.

Als nun der Vater von der Reise zurückkehrte, brachte er ihr einen kleinen Haselzweig, den er unterwegs wirklich mit seinem Hut zuerst berührt hatte. Das Mädchen freute sich sehr darüber, steckte den Zweig an ihre Brust und trug ihn stets bei sich. Als Aschengrittel nun am folgenden Tag zum Brunnen ging, um Wasser zu schöpfen, da kam mit einem Male aus dem Brunnen ein Zwergla, ein kleines altes Männla heraus; dieses hatte einen ganz weißen Bart und sprach zu Aschengrittel: »Du darfst für dich drei gute und drei böse Wünsche tun, die sollen dir gewährt werden.« Aschengrittel aber wollte die bösen Wünsche nicht nehmen und wünschte sich zum Ersten, dass doch ihre Mutter und ihre Schwestern künftig freundlich zu ihr sein mögen. Darüber verwunderte sich der Zwerg sehr und sprach: »Ich sehe wohl, dass du ein gutes Herz hast, deshalb will ich dir dies goldene Stäblein schenken; dies wird dir alles verschaffen, was du dir nur wünschen magst. Du musst nur mit dem Stab zum Brunnen gehen und damit auf den Brunnenrand klopfen und deinen Wunsch aussprechen. Und so wird dir dein Wunsch erfüllt werden.« Wie das Männlein dies gesagt hatte, war es mit einem Mal wieder verschwunden. Aschengrittel verwahrte das

Stöcklein gut und war fröhlich und guter Dinge. Nun trug sich's zu, dass der junge König des Landes einen großen Ball veranstaltete, denn er gedachte sich zu vermählen und wollte sehen, welches wohl die schönste Jungfrau im ganzen Lande sei. Auf diesen Ball gingen auch die Schwestern von Aschengrittel. Aschengrittel bat, sie sollten sie doch auch mitnehmen. Sie verspotteten sie nur und sprachen: »Mit dir und deinen zerrissenen Kleidern müssen wir uns ja schämen«, und gingen lachend davon. Kaum aber waren alle fort, so tat Aschengrittel flink ihre Arbeit, dann wusch und kämmte sie sich, holte ihr goldenes Stäblein hervor und ging damit zum Brunnen. Dort klopfte sie auf den Rand und wünschte sich ein schönes Ballkleid mit allem Schmuck der dazugehörte. Mit einem Male lag ein wunderschönes Kleid und prächtiger Schmuck aus Gold und Perlen daneben. Schnell legte Aschengrittel alles an und ging ins Schloss auf den Ball. Und sie war so wunderschön anzusehen, dass sie niemand erkannte, auch die Schwestern nicht. Man konnte die Augen gar nicht von ihr wenden, weshalb denn auch der junge König den ganzen Abend hindurch am liebsten mit ihr tanzte und sehr vergnügt war.

Mit einem Male aber, noch ehe die anderen fortgingen, war Aschengrittel verschwunden. Dem König tat das sehr Leid, weil er gar nicht wusste, wer die Jungfrau war und wo sie wohnte. Deshalb veranstaltete er bald einen zweiten Ball. Wieder wusch und kämmte sich Aschengrittel, als sie alleine war, holte ihr goldenes Stäblein hervor und ging zum Brunnen. Dort klopfte sie auf den Rand und wünschte sich wieder ein schönes Ballkleid mit allem Schmuck, der dazugehörte. Da lag ein noch schöneres Kleid und noch schönerer Schmuck vor ihr als das letzte Mal. Und als sie auf den Ball kam, war sie so schön, so schön, dass der junge König sich ganz in sie verliebte und sie gar nicht mehr von seiner Seite ließ. Zuletzt bat er sich sogar aus, dass er sie nach Hause begleiten dürfe. Allein, Aschengrittel wusste sich wieder heimlich fortzuschleichen.

Nun hatte der junge König keine Ruhe mehr, bis ein dritter Ball gegeben wurde. Wieder wusch und kämmte sich Aschengrittel, als sie alleine war, holte ihr goldenes Stäblein hervor und ging zum Brunnen. Dort klopfte sie auf den Rand und wünschte sich wieder ein schönes Ballkleid mit allem Schmuck, der dazugehörte. Da lag ein noch viel schöneres Kleid und noch schönerer Schmuck als die ersten beiden Male vor ihr. Und als sie auf den Ball kam, war sie so schön, dass von ihr sogar ein glänzender Schein ausging. Der junge König war über die Maßen glücklich, als er sie sah, und wich nicht mehr von ihrer Seite. Damit sie ihm aber nicht noch einmal entschlüpfe und damit er endlich erfahre, wo sie wohne, ließ er alle Türen des Schlosses bis auf eine verschließen. An dieser ließ er die Schwelle mit Pech bestreichen. Nun gab er beständig Acht auf Aschengrittel und gedachte, sie nach Hause zu begleiten. Er sah auch richtig, wie sie sich wieder fortschleichen wollte. Schnell ging er ihr nach, allein Aschengrittel hatte ihn schon gesehen und lief, so schnell sie nur konnte, zur Tür hinaus. Sie ließ dabei sogar lieber einen ihrer goldenen Schuhe, der an dem Pech kleben blieb, zurück, als dass der König erfuhr, wo sie wohnte.

Der junge König aber war froh, dass er wenigstens etwas von der geliebten Jungfrau besaß. Außerdem war der goldene Schuh so schön, so fein und zierlich, wie er noch nie einen gesehen hatte. Deshalb ließ er gleich am folgenden Tage bekannt machen, dass die Jungfrau, welcher dieser Schuh passe, seine Gemahlin werden solle. Und er selbst ging mit dem Schuh von Haus zu Haus, damit alle jungen Mädchen ihn anprobieren möchten.

So kam der König auch zu dem Haus, in dem Aschengrittel wohnte. Die Stiefmutter führte zugleich ihre beiden Töchter in die Kammer, um den Schuh anzuprobieren. Sie beredete die eine, als sie nicht hineinkommen konnte, sich die große Zehe abzuschneiden, was diese auch tat, allein es war umsonst. Die andere Schwester schnitt sich ein Stück von der Ferse ab, aber es half ihr auch nichts. Den König aber schauerte es, als er in dem Schuh die Blutflecken sah, und er sprach:

»Graus, Graus!
der Schuh ist voll Blut!
Das ist nicht die rechte Braut!«

Als er dann hörte, dass im Haus noch eine Stieftochter lebe, wollte er diese durchaus sehen, obwohl die Mutter ihm sagte, dass sie ein schmutziges und wüstes Ding sei, dass man sich ihrer schämen müsse und sie nicht zeigen könne. Als nun Aschengrittel schließlich doch noch gerufen wurde und den kleinen Schuh anprobierte, so passte er ihr ganz genau und der König erkannte, trotz der hässlichen Kleider, sogleich die geliebte Jungfrau. Er herzte und küsste sie und machte sie zur Königin. Und sie lebten glücklich und zufrieden bis an ihr seliges Ende.

Schwan, kleb an

Es waren einmal drei Brüder, der älteste hieß Jacob, der zweite Friedrich und der dritte und jüngste Gottfried. Dieser Jüngste war das Opfer aller Neckereien seiner Brüder und ihres Unmuts. Wenn ihnen etwas quer über den Weg lief, so musste Gottfried es entgelten und sich alles gefallen lassen. Dadurch wurde ihm das Leben sauer gemacht und er sann Tag und Nacht darauf, sein Schicksal erträglicher zu machen.

Als er eines Tages im Walde war, um Holz zu sammeln, und bitterlich weinte, trat ein altes Weiblein zu ihm, das fragte ihn um seine Not, und er vertraute ihr all seinen Kummer an. »Ei, mein Junge«, sagte das Weiblein, »ist die Welt nicht groß, warum versuchst du nicht anderswo dein Glück.« Das nahm sich Gottfried zu Herzen und verließ eines Morgens früh das väterliche Haus, um in der weiten Welt sein Glück zu suchen. Auf einem Hügel betrachtete er noch einmal das heimatliche Dorf. Da stand plötzlich das Weiblein hinter ihm und sprach: »Das hast du gut gemacht, mein Junge! Aber was willst du nun anfangen?«

Gottfried dachte jetzt erst daran, was er beginnen solle. Das Weiblein aber sprach: »Ich will dir sagen, was du anfangen sollst. Ich habe dich lieb und ich glaube, dass auch du mich nicht vergessen wirst, wenn du dem Glück im Schoße sitzest.« Gottfried versprach dies mit Hand und Mund. Die Alte fuhr fort:

»Heute Abend, wenn die Sonne untergeht, gehe an den großen Birnbaum, der dort am Kreuzweg steht. Darunter wird ein Mann liegen und schlafen, an dem Baum aber wird ein großer schöner Schwan angebunden sein; den Mann hütest du dich aufzuwecken und du musst deswegen gerade mit Sonnenuntergang kommen, den Schwan aber knüpfst du los und führst ihn mit dir fort. Die Leute werden sein schönes Gefieder bewundern und du magst ihnen erlauben, eine Feder davon auszurupfen. Wenn der Schwan aber berührt wird, so wird er einen Schrei ausstoßen, und wenn du dann sagst: Schwan, kleb an!, so wird dem, der ihn berührt, die Hand fest ankleben und nicht eher wieder freigelassen werden, bis du sie mit diesem Stöcklein berührst, das ich dir zum Geschenk mache. Wenn du nun so einen weidlichen Zug mit Menschenvögeln gefangen hast, so führe sie immer nur geradeaus. Du wirst in eine große Stadt kommen, dort wohnt eine Königstochter, die noch nie gelacht hat. Bringst du sie zum lachen, so ist dein Glück gemacht. Aber – vergiss dann auch mich nicht!«

Gottfried gab nochmals sein Versprechen und war mit Sonnenuntergang an dem bezeichneten Baum. Der Mann lag da und schlief und ein großer, schöner Schwan war mit einem Bande an den Baum gebunden. Gottfried knüpfte den Vogel beherzt los und führte ihn davon, ohne dass der Mann erwachte.

Nun traf es sich, dass Gottfried mit seinem Schwan an einer Baugrube vorüberkam, wo einige Männer mit hochgestreiften Beinkleidern Lehm kneteten. Die bewunderten die schönen Federn des Vogels und ein vorwitziger Junge, der von Kopf bis Fuß voll mit Lehm war, sagte laut: »Ach, wenn ich doch nur eine solche Feder hätte!«

»Zieh dir eine aus!«, sprach Gottfried freundlich. Der Junge griff nach dem Gefieder des Vogels und der Schwan stieß einen Schrei aus. »Schwan, kleb an!«, sprach Gottfried und der Junge konnte nicht wieder loskommen, er mochte tun, was er wollte. Die anderen lachten, je mehr der Junge schrie, bis vom nahen Bache eine Magd herzugelaufen kam, die mit hoch aufgeschürztem Rocke dort gewaschen hatte. Die fühlte Mitleid mit dem Jungen und reichte ihm die Hand, um ihn loszumachen. Der Schwan stieß einen Schrei aus. »Schwan, kleb an!«, sprach Gottfried und die Magd war ebenfalls gefangen.

Als Gottfried mit seiner Beute eine Strecke gegangen war, begegnete ihm ein Schornsteinfeger. Der freute sich über das sonderbare Gespann und fragte die Magd, was sie denn da triebe? »Ach, herzliebster Hans«, antwortete die Magd kläglich, »gib mir doch deine Hand und mach mich von dem verteufelten Jungen los.« »Wenn's weiter nichts ist!«, lachte der Schornsteinfeger und gab der Magd die Hand, der Vogel stieß einen Schrei aus. »Schwan, kleb an!«, sprach Gottfried und der schwarze Mensch war ebenfalls verhext.

Sie kamen nun in ein Dorf, wo eben Kirchweih war. Dort gab eine Seiltänzergesellschaft eine Vorstellung und der Bajazzo machte eben seine Narreteien. Er riss Mund und Nase auf, als er das seltsame Kleeblatt sah, das an den Federn des Schwans festhing. »Bist du ein Narr geworden, Schwarzer?«, lachte er.

»Da gibt's gar nichts zu lachen!«, antwortete der Schornsteinfeger. »Das Weibsbild hält mich so fest, dass meine Hand wie angenagelt ist. Mach mich los, Bajazzo, ich tu dir einmal einen anderen Liebesdienst.« Der Bajazzo fasste die ausgestreckte Hand des Schornsteinfegers und der Schwan stieß einen Schrei aus. »Schwan, kleb an!«, sprach Gottfried und der Bajazzo war der Vierte im Bunde.

Nun stand in der vordersten Reihe der Zuschauer der stattliche, wohlbeleibte Amtmann des Dorfes, der machte ein gar ernstes Gesicht und ärgerte sich sehr über das Blendwerk. Das könne nicht mit rechten Dingen zugehen, meinte er. Sein Eifer ging so

weit, dass er den Bajazzo an der ledigen Hand fasste und ihn losreißen wollte, um ihn dem Büttel zu übergeben. Da stieß der Vogel einen Schrei aus, »Schwan, kleb an!«, sprach Gottfried und der Amtmann teilte das Schicksal seiner Vorgänger. Die Frau Amtmännin, eine lange dürre Spindel, entsetzte sich über das Missgeschick ihres Eheherrn und riss mit Leibeskräften an dem Arm desselben. Der Vogel stieß einen Schrei aus, »Schwan, kleb an!«, sprach Gottfried und die arme Frau Amtmännin musste trotz ihres Geschreis dem merkwürdigen Zug folgen. Hinfort hatte niemand mehr Lust, die Gesellschaft zu vergrößern.

Gottfried sah schon die Türme der Hauptstadt vor sich, da kam ihm eine prächtige Kutsche entgegen, in der eine schöne, junge, aber ernste Dame saß. Als diese den bunten Zug erblickte, brach sie jedoch in lautes Gelächter aus und ihre Dienerschaft lachte mit. Die Königstochter hat gelacht, riefen alle voll Freude. Diese stieg aus, betrachtete sich die Sache noch genauer und lachte immer mehr bei den Kapriolen, welche die Festgebannten machten. Der Wagen musste umwenden und fuhr langsam neben Gottfried zur Stadt zurück. Als der König die Kunde vernahm, dass seine Tochter gelacht habe, war er entzückt und nahm nun selbst Gottfried, seinen Schwan und dessen wunderliches Gefolge in Augenschein, wobei er selbst so lachen musste, dass ihm die Tränen in den Augen standen. »Du närrischer Gesell«, sprach er zu Gottfried, »weißt du, was ich dem versprochen habe, der meine Tochter zum Lachen bringt?« »Nein«, sagte Gottfried, »so will ich dir's sagen«, antwortete der König. »Tausend Goldgulden oder ein schönes Gut. Wähle!« Gottfried entschied sich für das Gut. Dann berührte er den Buben, die Magd, den Schornsteinfeger, den Bajazzo, den Amtmann und die Amtmännin mit seinem Stäbchen und alle waren frei und liefen davon, als brenne die Hölle hinter ihnen, was von neuem unbändiges Gelächter auslöste. Da begann die Königstochter, das Gefieder des Schwanes zu bewundern und ihn zu streicheln. Der Vogel stieß einen Schrei aus, »Schwan, kleb an!«, sprach Gottfried und so gewann er auch noch die Königstochter. – Der Schwan aber erhob sich in die Lüfte und verschwand in den blauen Horizont. Gottfried erhielt nun ein Herzogtum zum Geschenk. Er erinnerte sich aber auch des alten Weibleins, das ihm zu seinem Glück verholfen hatte, und berief sie als Haushofmeisterin in sein stattliches Residenzschloss, in das er mit seiner auserwählten Braut einzog.

Der Teufel und die Nähkathrine

»In Sanzenbach, in Sanzenbach,
da hockt der Teufel auf dem Dach«.

So singen die Leute im Rosengarten, der fruchtbaren Ebene bei Schwäbisch Hall, und wenn man die Sanzenbacher fragt, ob das wahr sei, so sagen sie: »Wer dumm genug ist, der glaubt's, und wenn die Nacht dunkel ist, hat schon mancher Esel in der Angst den Teufel gesehen.« Woher aber das Verslein stammt, das wissen die Leute meistenteils nicht. Ich aber weiß es, denn eine alte Bäuerin hat es mir verraten.

In Sanzenbach lebte vor langen Jahren einmal eine Näherin, die war wegen ihrer Geschicklichkeit und ihres Fleißes im Dorf und in dessen Umkreis sehr gesucht, und sie war bald in dem, bald in jenem Bauernhaus auf Arbeit und daher nie zu Hause. Nur um Weihnachten herum konnte man sie daheim in ihrem Stübchen antreffen, denn um diese Zeit müssen die Bauernweiber putzen und backen und können keine Näherin im Hause brauchen. Auch darf nach einer alten Bauernregel in den zwölf Nächten nicht genäht und gesponnen werden, weil sonst der Böse Macht über die Person bekommt, die solche Arbeit, trotz der Heiligkeit der Zeit, verrichtet hat.

Von dieser Regel hatte die Näherin auch Kenntnis, aber sie kehrte sich nicht daran, wenn sie in ihrem Stübchen saß. Denn sie sagte sich: »Dieser alte Aberglauben mag gut sein für die Bäuerinnen, dass sie ihren Mägden einige Zeit im Jahr Ruhe gönnen, mich geht die Sache nichts an; ich muss meine Kleider in Ordnung bringen, wenn ich Zeit dazu habe.« So saß sie denn am letzten Abend des Jahres in ihrem warmen Stüblein und nähte und schneiderte tüchtig drauflos; denn am Neujahrstag wollte sie mit einem neuen Kleide in der Kirche Staat machen. Da wurde sie in ihrem Eifer durch ein lautes Klopfen gestört: »Ei«, dachte sie, »wer will denn noch etwas zur nachtschlafenden Zeit von der Nähkathrine? Ist am Ende gar die Nachbarin ins Wochenbett gekommen und braucht meine Pflege?« Und sie rief: »Herein!« Als sich aber die Türe auftat, da fasste sie ein Grausen und Entsetzen. Denn wer kam herein? – Kein anderer als der Teufel selbst in höchsteigener Person und er sah ganz genau so aus, wie er im Buche abgebildet ist: Hörner hatte er, einen Bart, Bocksfüße und einen langen Schwanz. Ach, wie zitterte da die Nähkathrine und wie wurde ihr angst und bang, als der Teufel auch noch anfing zu sprechen und ihr zurief:

»Du hast entweihet die heilige Zeit
Mit Schneiden und Sticheln und Nähen.
Drum ist deine Seele dem Teufel geweiht,
Und du musst zur Höll' mit mir gehen.«

Während dieses Spruches hatte die arme Nähkathrine trotz des Teufels Zähnefletschen und Bocksgemecker glücklicherweise ihren Mut wieder gefunden und sie wehrte sich ihrer Haut, indem sie dem Teufel entgegnete: »Nur ein bisschen langsam, Herr Teufel, mir pressiert's nicht so arg in die Hölle. Wenn es keine größeren Sünder wie mich gäbe, hättet Ihr dort unten wenig Hausleute. Das Nähverbot für die heilige Zeit mag in den Bauernhäusern gelten, damit niemand zur Arbeit gezwungen wird. Wenn aber ich heute genäht habe, so habe ich es aus freiem Willen getan und in der guten Absicht, morgen zum Festgottesdienst in einem sauberen Kleid erscheinen zu können und wie es schicklich ist, damit es nicht heißt: Freund, wie bist du hereingekommen und hast doch kein hochzeitlich Kleid an?« Als der Teufel so aus der Bibel heraus widerlegt wurde, sah er ein, dass er mit Drohungen nicht zu seinem gewünschten Ziele kommen konnte; drum verlegte er sich aufs Bitten und sagte: »Höre, Kathrine, lass uns ein vernünftiges Wort miteinander reden! Ich weiß, was für eine ausgezeichnete Näherin du bist, die von den Bauersleuten nicht genug geschätzt und nicht genug bezahlt wird. Ich will dafür sorgen, dass du zu Geld kommst. Du sollst nur mit mir zu meiner Großmutter gehen, die braucht nämlich eine tüchtige Schneiderin, die imstande ist, den tausend Teufeln im Höllenhaus das Fell zu flicken, wenn sie es einander bei ihren Raufereien zerrissen haben. Wenn du diese Arbeit mindestens auf ein Jahr übernehmen willst, so will ich dir's reichlich lohnen, und dazu sollen dir alle deine Wünsche, die du das Jahr hindurch aussprichst, in Erfüllung gehen.«

Aber Kathrine ging dem Teufel nicht auf den Leim. Sie lachte bei diesen glatten Worten und entgegnete: »Mir ist's wohl bei meinen Bauern und ich verdiene so viel Geld, als ich brauche, dazu habe ich durchaus keine besonderen Wünsche und sehe daher nicht ein, wozu ich bei des Teufels Großmutter Nähmamsell werden soll. Auch glaube ich gern, dass ich den Weg zur Hölle in deiner Gesellschaft leicht finden würde, wie ich aber von dort unten wieder heimfinden würde, wenn ich von Euch genug hätte und wieder heim nach Sanzenbach wollte, das ist eine andere Frage. Nein, ich bleibe, wo ich bin, sucht Euch eine Dümmere aus.«

»Nun gut«, sagte der Teufel, »wenn du nicht mit mir gehst, o lehre mich wenigstens das Nähen, damit ich meiner Großmutter helfen kann; denn sie wird mit der Flickerei allein nimmer fertig.« Mit diesen Worten ließ sich der Teufel auf einem Stuhl nieder und da Kathrine einsah, dass sie den ungebetenen Gast nicht loskriege, ohne ihm einigermaßen den Willen zu tun, so machte sie gute Miene zum bösen Spiel und nahm ihr Nähzeug zur Hand. Sie fädelte ein Stück von ihrem gröbsten Zwirn in eine große Nadel, machte einen kunstgerechten Knopf an das

Ende des Nähfadens und gab dem Teufel einen Flicklappen und lehrte ihn Stiche machen. Aber der Teufel stellte sich so ungeschickt an, dass die Nähkathrine lachen musste, und sie entsetzt ausrief: »Hu, was näht Ihr für Pfannenstiche!« Aber allmählich machte der Teufel Fortschritte in der Nähkunst und er war mit sich zufrieden. Nur das ewige Einfädeln verdross ihn und er nahm sich daher immer längere Fadenstücke. Als er aber glaubte, von der Näherei genug zu verstehen, rief er plötzlich: »He, Kathrine, wie wär's, wenn wir ein Wettnähen veranstalten würden? Wir wollen jedes einen Ärmel zusammennähen. Bist du zuerst fertig, bekommst du hundert Goldstücke, bin ich vor dir fertig, musst du auf ein Jahr Nähmamsell bei meiner Großmutter werden. Eingeschlagen?« – »Hundert Goldstücke«, dachte die Nähkathrine, »das wäre etwas!«, und im Hinblick auf des Teufels Unbeholfenheit und auf ihre Geschicklichkeit im Nähen sagte sie: »Es gilt.« Sie nahm einen Ärmel und gab dem Teufel auch einen. Dazu bekam jedes eine Nadel und eine Rolle Faden. Den Faden schnitt sich die Kathrine in handliche Stücke. Der Teufel aber dachte: »Wart, ich krieg' dich«, und machte sich lange Fäden zurecht, um ja nicht zu oft einfädeln zu müssen. Als alle Vorbereitungen getroffen waren, rief Kathrine: »So, nun los!«, und die beiden stichelten und nähten eifrig drauflos. Bei Kathrine ging alles gewohntermaßen vonstatten, nicht so beim Teufel. Der blieb mit seinem langen Faden bald da, bald dort hängen, bekam Schleifen und Knoten und bis er sie gelöst hatte, hatte sich die Nadel ausgefädelt. Und schließlich nähte er auch noch in der Hast seinen Zottelbart an den Stoff und bis er alle diese Dummheiten wieder gutgemacht hatte, ging viel Zeit verloren. Indessen kam die Nähkathrine in aller Stille mit ihrer Arbeit rasch vorwärts und als nun der Teufel, schlau wie er war, gar einen besonders langen Faden einfädelte und nach jedem Stich vom Stuhl in die Höhe fuhr und zu kühnem Schwung ausholte, um ein Verknoten des Fadens zu verhindern, da kam sie ihm immer weiter voraus. Plötzlich tat's einen Krach, der wütend ausholende Teufel war unversehens mit der knochigen Faust an den wackeligen Ofen gestoßen, sodass dieser umfiel. Und gerade da schrie die geschickte Kathrine: »Fertig!«, und hob dem Teufel den fertiggenähten Ärmel unter die Nase. Da machte der ein dummes Gesicht, kratzte sich vor Verlegenheit hinter den Ohren und schritt dann zu dem offen daliegenden Ofen, aus dem er hundert glühende Kohlen nahm. Die häufte er vor Kathrine auf den Tisch und da waren es hundert Goldstücke, die der Kathrine in den Augen glänzten. Als aber der Teufel ihr die Hand hinhielt, damit sie ihm Dank sagen solle, fiel ihr gerade noch rechtzeitig das Sprüchlein ein: »Reichst du dem Teufel den kleinen Finger, so nimmt er die ganze Hand und schließlich dich selber«, und so stach sie ihn im Übermut mit ihrer spitzigen Nadel in den Finger. Das schmerzte den Teufel und er machte einen gewaltigen Satz und fuhr zum Fenster hinaus. Weil er sich aber nicht gleich heim in die Hölle getraute, aus Furcht vor seiner Großmutter, da er schon ahnte, dass sie ihn bös anfahren werde, wenn er ohne Nähmamsell vor ihr erscheine, so saß er in düsterer Verzweiflung die ganze Nacht auf dem hohen Dach vom Haus des Kirchenpflegers und sah der Nähkathrine ins Stübchen; die aber schlief, nachdem sie den Ofen wieder notdürftig in Ordnung gebracht hatte, den Schlaf der Gerechten. Und so musste der Fürst der Finsternis weichen. Die Kathrine aber fand, da sie nun reich war, bald einen Hochzeiter und wurde eine stattliche Hofbäuerin. Ihren Mägden hat sie jedoch streng verboten, in der Zeit der zwölf Nächte eine Nadel anzurühren, und die Mägde richteten sich gerne nach ihrer Weisung.

Der beherzte Flötenspieler

Es war einmal ein lustiger Musikant, der die Flöte meisterhaft spielte; er reiste in der Welt herum, spielte auf seiner Flöte in Dörfern und in Städten und erwarb sich dadurch seinen Unterhalt. So kam er auch eines Abends auf einen Pachtershof und übernachtete da, weil er das nächste Dorf vor Einbruch der Nacht nicht mehr erreichen konnte. Er wurde von dem Pachter freundlich aufgenommen, musste mit ihm speisen und nach geendigter Mahlzeit einige Stücklein auf seiner Flöte vorspielen.

Als der Musikant dieses getan hatte, schaute er zum Fenster hinaus und gewahrte in kurzer Entfernung im Licht des Mondes eine alte Burg, die teilweise in Trümmern zu liegen schien. »Was ist das für ein altes Schloss«, fragte er den Pachter, »und wem hat es gehört?« Der Pachter erzählte, dass vor vielen, vielen Jahren ein Graf da gewohnt hätte, der sehr reich, aber auch sehr geizig gewesen wäre. Er hätte seine Untertanen sehr geplagt, keinem armen Menschen ein Almosen gegeben und sei endlich ohne Erben (weil er aus Geiz sich nicht einmal verheiratet habe) gestorben. Darauf hätten seine nächsten Anverwandten die Erbschaft in Besitz nehmen wollen, hätten aber nicht das geringste Geld gefunden. Man behaupte daher, er müsse den Schatz vergraben haben und dieser würde heute noch in dem alten Schloss verborgen liegen. Schon viele Menschen wären des Schatzes wegen in die alte Burg gegangen, aber keiner wäre wieder zum Vorschein gekommen. Daher habe die Obrigkeit alle Menschen im ganzen Land ernstlich gewarnt und den Eintritt in das Schloss untersagt.

Der Musikant hatte aufmerksam zugehört und als der Pachter seinen Bericht geendigt hatte, äußerte er, dass er großes Verlangen habe, auch einmal hineinzugehen, denn er sei beherzt und kenne keine Furcht. Der Pachter bat ihn aufs Dringendste und endlich schier fußfällig, doch ja sein junges Leben zu schonen und nicht in das Schloss zu gehen. Aber es half kein Bitten und Flehen, der Musikant war unerschütterlich.

Zwei Knechte des Pachters mussten ein Paar Laternen anzünden und den beherzten Musikanten bis an das alte schaurige Schloss begleiten. Dann schickte er sie mit einer Laterne wieder zurück, er aber nahm die zweite in die Hand und stieg mutig eine hohe Treppe hinan. Als er am oberen Ende angekommen

war, kam er in einen großen Saal, von dem ringsherum Türen wegführten. Er öffnete die erste und ging hinein, setzte sich an einen darin befindlichen altväterischen Tisch, stellte sein Licht darauf und spielte die Flöte.

Der Pachter aber konnte die ganze Nacht vor lauter Sorgen nicht schlafen und sah öfters zum Fenster hinaus. Er freute sich jedes Mal unaussprechlich, wenn er drüben den Gast noch musizieren hörte. Doch als seine Wanduhr elf schlug und das Flötenspiel verstummte, erschrak er heftig und glaubte nun nicht anders, als dass der Geist oder der Teufel oder wer sonst in diesem Schlosse hauste, dem schönen Burschen nun ganz gewiss den Hals umgedreht habe.

Doch der Musikant hatte ohne Furcht sein Flötenspiel beendet; als aber sich endlich Hunger bei ihm regte, weil er bei dem Pachter nicht viel gegessen hatte, so ging er in dem Zimmer auf und nieder und sah sich um. Da erblickte er einen Topf voll ungekochter Linsen, auf einem andern Tische stand ein Gefäß mit Wasser, eines mit Salz und eine Flasche Wein. Er goss geschwind das Wasser über die Linsen, tat Salz daran, machte Feuer in dem Ofen an, weil auch Holz dabei lag, und kochte sich eine Linsensuppe. Während die Linsen kochten, trank er die Flasche Wein leer, und dann spielte er wieder Flöte. Als die Linsen weich gekocht waren, rückte er sie vom Feuer weg, schüttete sie in die auf dem Tische schon bereitstehende Schüssel und aß frisch darauf los. Jetzt sah er nach seiner Uhr und es war um die zwölfte Stunde. Da ging plötzlich die Türe auf, zwei lange schwarze Männer traten herein und trugen eine Totenbahre, auf der ein Sarg stand. Diesen stellten sie, ohne ein Wort zu sagen, vor den Musikanten, der sich keineswegs im Essen stören ließ, und gingen ebenso lautlos, wie sie gekommen waren, wieder zur Türe hinaus. Als sie sich nun entfernt hatten, stand der Musikant hastig auf und öffnete den Sarg. Ein altes

Männchen, klein und verhutzelt, mit grauen Haaren und grauem Barte, lag darinnen; aber der Bursche fürchtete sich nicht, nahm es heraus, setzte es an den Ofen und kaum schien es erwärmt zu sein, als sich schon Leben in ihm regte. Er gab ihm hierauf Linsen zu essen und war ganz mit dem Männchen beschäftigt, ja, fütterte es wie eine Mutter ihr Kind. Da wurde das Männchen ganz lebhaft und sprach zu ihm: »Folge mir!« Das Männchen ging voraus, der Bursche aber nahm seine Laterne und folgte ihm sonder Zagen. Es führte ihn nun eine lange, verfallene Treppe hinab und so gelangten die beiden endlich in ein tiefes, schauerliches Gewölbe.

Hier lag ein großer Haufen Geld. Da gebot das Männchen dem Burschen: »Diesen Haufen teile mir in zwei ganz gleiche Teile, aber dass nichts übrig bleibt, sonst bringe ich dich ums Leben!« Der Bursche lächelte bloß, fing sogleich an zu zählen, auf zwei große Tische herüber und hinüber, und teilte so das Geld in kurzer Zeit in zwei gleich große Teile, doch zuletzt – war noch ein Kreuzer übrig. Der Musikant aber besann sich kurz, nahm sein Taschenmesser heraus, setzte es mit der Schneide auf den Kreuzer und schlug ihn mit einem dabeiliegenden Hammer entzwei. Als er nun die eine Hälfte auf diesen, die andere auf jenen Haufen warf, wurde das Männchen ganz heiter und sprach:

»Du hast mich erlöst! Schon seit hundert Jahren muss ich meinen Schatz bewachen, den ich in meinem Geiz zusammengescharrt habe, bis es einem gelingen würde, das Geld in zwei gleiche Teile zu teilen. Noch nie hat es einer geschafft und ich habe sie alle erwürgen müssen. Der eine Haufen Geld ist nun dein, den anderen aber teile unter die Armen. Du hast mich erlöst!« Darauf verschwand das Männchen. Der Bursche aber stieg die Treppe hinan und spielte in seinem vorigen Zimmer lustige Stücklein auf seiner Flöte.

Da freute sich der Pachter, als er ihn wieder spielen hörte, und mit dem frühesten Morgen ging er auf das Schloss (denn am Tage durfte jedermann hinein) und begrüßte den Burschen überschwänglich. Dieser erzählte ihm die Geschichte, dann ging er hinunter zu seinem Schatz, tat, wie ihm das Männchen befohlen hatte, und verteilte die eine Hälfte unter die Armen. Das alte Schloss aber ließ er niederreißen und bald stand an der gleichen Stelle ein neues, in dem nun der Musikant als reicher Mann wohnte.

Die Knaben mit den goldenen Sternlein

Es war einmal ein junger, schöner Graf, der kannte die Liebe noch nicht, und hatte daher den Vorstellungen seiner Mutter, sich zu verheiraten, noch nicht Raum gegeben. Er fand aber Vergnügen daran, bei Nacht im Dorfe herumzugehen und die jungen Burschen und Mädchen zu belauschen, was sie in ihren Spinnstuben trieben, sangen und sagten. Da hörte er einmal ein Gespräch, in dem von ihm selbst die Rede war. »O, wenn sich unser junger Graf ein Weib nähme«, sagte eines der Mädchen, »so wollte ich, wenn ich's würde, ihm die leckersten Speisen kochen.« »Und ich«, fiel eine Zweite ein, »sollte ihm seine Kinder recht gut warten und pflegen.« »Ich aber«, sprach die Dritte, »wollte ihm zwei Knäblein schenken, wenn er mich zum Weib nähme, die sollten goldene Sternlein auf der Brust tragen.« Die andern lachten, der Graf aber hatte allerlei Gedanken und ging zurück auf sein Schloss.

Am andern Tag ließ er die drei Mädchen rufen und sie mussten ihm alles noch einmal sagen, was sie gestern miteinander über ihn gesprochen, wenn er ein Weib nähme. Die Letzte weigerte sich lange, denn sie schämte sich; als sie aber endlich ihren kühnen Wunsch bekannt, nahm sie der Graf freundlich bei der Hand und sprach: »Du sollst mein Weib sein, wenn du mir zwei Knäblein gebierst, so wie du gesagt hast; wenn aber nicht, will ich dich mit Schande aus meinem Schloss jagen.« Das Mädchen willigte ein, denn sie war frohen Mutes, und hatte schon lange eine verborgene Liebe zu dem Grafen in ihrem Herzen. Die Hochzeit wurde gefeiert, obgleich die alte Gräfin sehr unzufrieden zusah. Als nun einige Monde vergangen waren und die junge Gräfin guter Hoffnung war, begab sich's, dass der Graf in ferne Lande ziehen musste. Er bat seine Mutter, die gegen ihre Schwiegertochter alle Freundlichkeit heuchelte, ihm gleich zu schreiben, wenn seine Gemahlin geboren haben würde.

Die schwere Zeit rückte heran und die junge Frau gebar zwei schöne Knaben, die trugen goldene Sternlein auf der Brust, sie war aber so erschöpft, dass sie lange in Ohnmacht lag; als sie nun erwachte und nach den Kindern fragte, sagte man ihr, sie habe zwei hässliche Katzen geboren, die man ersäuft habe. Darüber jammerte sie sehr, mehr als über das Unglück, das nun folgte. Schmachvoll wurde sie aus dem Schloss gewiesen, wie eine Bettlerin, und niemand erbarmte sich ihrer als ein Diener; der vertraute ihr heimlich an, dass sie zwei schöne Knaben mit goldenen Sternlein auf der Brust geboren habe. Sie seien ihm in einem Korb mit dem Befehl übergeben worden, sie ins Wasser zu werfen, da es Katzen seien. Er habe aber den Korb geöffnet und da ihn die unschuldigen Kinder gedauert, habe er sie einer alten Frau zur Pflege übergeben. Darüber freute sich die Verstoßene in ihrem Schmerz sehr, dankte dem mitleidigen Menschen tausendmal, eilte zu ihren

Kindern und lebte mit ihnen mehrere Jahre in verborgener Einsamkeit.
Die Knaben wuchsen heran und wurden immer schöner. Die arme Frau dachte wieder an ihren Gemahl: Wenn er die Knaben sähe, würde er alles gut machen, was seine böse Mutter an ihr verschuldet.

Da träumte ihr eines Nachts, sie solle unter einen großen Lindenbaum am Kreuzweg gehen, dort werde sie einen Haufen Flachsknäuel finden, mit denen solle sie sich die Taschen füllen, aber ja nicht mehr nehmen, und dann nach Portugal gehen, wo ihr Gemahl in den Liebesnetzen einer Zauberin gefangen sei. Die Frau ging zu dem Baum, fand die Flachsknoten und füllte sich die Taschen damit. Dann machte sie sich mit ihren Kindern auf die lange Reise. In einem Wald wurde sie von Räubern überfallen, sodass sie ausgeplündert wurde und keinen Pfennig behielt. Sie musste sich und ihren Kindern durch Betteln weiterhelfen. Ihre Füße waren blutig gerissen und noch war ihres Weges kein Ende. Da tröstete sie abermals ein Traum und verhieß ihr endliches Gelingen.

Einmal bettelte sie an der Pforte eines schönen Schlosses. Die Edelfrau sah die Knaben und war von ihrer Schönheit aufs Höchste überrascht. Sie bat die arme Frau um einen ihrer Knaben und versprach dafür, ihr jede Bitte zu erfüllen. Der Armen fiel es schwer, eines ihrer Kinder zu verlassen. Zuletzt willigte sie doch ein und bat dagegen um das goldene Spinnrad, das die Edelfrau vor sich stehen hatte. Diese wunderte sich über das Verlangen, gab jedoch das Spinnrad hin und einer der beiden Knaben blieb bei ihr im Schloss zurück. Immer weiter und weiter wanderte die arme Frau und musste sich endlich auch noch von ihrem zweiten Knaben trennen, für den sie eine goldene Haspel erhielt. Diese beiden Kleinode bewahrte sie sehr sorgfältig und setzte ihre beschwerliche Wanderschaft fort.

Nach unendlichen Mühseligkeiten, kam sie nach Portugal und kam an das Schloss, wo ihr Gemahl wohnte. Die Diener erzählten ihr, der Herr sei verheiratet, aber noch niemand habe das Antlitz seiner Gemahlin gesehen, da sie eine Zauberin sei und nur des Nachts im Schlosse wäre. Es wisse niemand, wohin sie bei Tag gehe.

Als nun die Sonne untergegangen war, schlich sich die arme Frau in den Schlossgarten, setzte sich unter das Fenster der Zauberin und drehte ihr Spinnrad, dass es wie ein Stern durch die Nacht leuchtete. Dies sah die Zauberin, die Gemahlin des Grafen, trat zu der Frau und fragte sie nach dem seltsamen Spielzeug. Die Frau bot es ihr zum Geschenk an, wenn sie ihr dafür eine Bitte gewähre: Sie bitte nämlich, eine Nacht bei ihrem Gemahl bleiben zu dürfen. Die Zauberin hatte ein solches Verlangen nach dem goldenen Spinnrad, dass sie einwilligte. Sie gab aber dem Grafen heimlich einen Schlaftrunk, sodass er fest einschlief und die ganze Nacht, trotz dem Weinen und Klagen der verzweifelten Frau nicht erwachte. Als der Morgen graute, kam die Zauberin und jagte sie aus dem Schloss. Am nächsten Abend setzte sich die Frau wieder unter das Fenster der Zauberin und drehte ihre goldene Haspel. Wieder kam die Zauberin und hatte ein solches Verlangen nach der goldenen Haspel, dass sie ihr auch dieses Mal die Bitte gewährte, wiederum eine Nacht bei ihrem Gemahl zu verbringen. Doch an diesem Abend unterlief der Zauberin ein Versehen, sie mischte dem Grafen den Schlaftrunk nicht stark genug und so erwachte dieser ehe der Morgen anbrach von dem Weinen und Klagen. Er verwunderte sich, die abgemagerte, verkümmerte Frau neben sich zu finden, die ihm nun ihr ganzes Herz ausschüttete und ihm alles erzählte. Da ergriff den Grafen eine namenlose Sehnsucht nach seinen Kindern, er bat sie um Verzeihung und versprach ihr, sie wieder als seine Gemahlin anzuerkennen. Dann stellte er sich schlafend, als die Zauberin kam und die Frau aus dem Schlosse jagte. Der Zauberin aber erzählte er, er habe einen sonderbaren Traum gehabt. Ein Mann habe irrtümlich seine Frau verstoßen und eine andere gefreit. Die Erste habe ihn gesucht, mit Aufopferung ihres Leibes und ihrer Schönheit. Was der Gatte nun tun solle, wenn sie ihn gefunden? »Dann muss er von der Zweiten scheiden und zu der Treuen zurückkehren«, sprach die Zauberin. »Du hast selbst dein Urteil gesprochen«, antwortete der Graf und erzählte ihr alles, was geschehen war. Da trennte sich die Zauberin unter Schmerzen von ihm.

Der Graf aber kehrte mit der treuen Gemahlin in die Heimat zurück, nachdem er seine Knaben ausgelöst. Die böse Mutter durfte ihm nicht mehr vors Angesicht kommen, seine Frau aber hielt er lieb und wert. Den mitleidigen Diener belohnte er reich. Die Knaben mit den goldenen Sternlein wuchsen heran zu der Eltern Freude und wurden später berühmte Helden.

Die drei Hunde

Ein Schäfer hinterließ seinen beiden Kindern, einem Sohn und einer Tochter, nichts als drei Schafe und ein Häuschen und sprach auf seinem Totenbette:

»Teilt auch geschwisterlich darein, dass nicht Hader und Zank zwischen euch entstehe.«

Als der Schäfer nun gestorben war, fragte der Bruder die Schwester, was sie lieber wolle, die Schafe oder das Häuschen? Und als sie das Häuschen wählte, sagte er: »So nehme ich die Schafe und gehe in die weite Welt. Es hat schon mancher sein Glück gefunden und ich bin ein Sonntagskind.« Er ging darauf mit seinem Erbteil fort. Doch das Glück wollte ihm lange nicht

begegnen. Eines Tages saß er recht verdrießlich an einem Kreuzweg, ungewiss, wohin er sich wenden sollte. Auf einmal sah er einen Mann neben sich, der hatte drei schwarze Hunde, die unterschiedlich groß waren. »Ei, junger Gesell«, sagte der Mann, »ihr habt da drei schöne Schafe, wisst ihr was, gebt mir die Schafe, ich will euch meine Hunde dafür geben.« Trotz seiner Traurigkeit musste jener lachen. »Was soll ich mit euren Hunden tun«, fragte er, »meine Schafe ernähren sich selbst, die Hunde aber wollen gefüttert sein.« »Meine Hunde sind von absonderlicher Art«, antwortete der Fremde, »sie ernähren euch, statt ihr sie, und werden euer Glück machen. Der kleinere da heißt ›Bring Speisen‹, der zweite ›Zerreißen‹ und der große, starke ›Brich Stahl und Eisen‹.« Der Schäfer gab endlich seine Schafe hin. Um die Eigenschaft seiner Hunde zu prüfen, sprach er:

»Bring Speisen«. Und alsbald lief der eine Hund fort und kam zurück mit einem großen Korb voll der herrlichsten Speisen. Den Schäfer gereute nun der Tausch nicht, er ließ sich's wohl sein und zog lange im Lande umher.

Einmal begegnete ihm ein Wagen mit zwei Pferden bespannt und ganz mit schwarzen Decken verkleidet, und auch der Kutscher war schwarz angetan. In dem Wagen saß ein wunderschönes Mädchen in einem schwarzen Gewande, das weinte bitterlich. Die Pferde trabten traurig und langsam und hingen die Köpfe.

»Kutscher, was bedeutet das?«, fragte der Schäfer. Der Kutscher antwortete unwirsch, jener aber ließ nicht nach zu fragen, bis der Kutscher erzählte: Es hause ein großer Drache in der Gegend, dem habe man, um sich vor seinen Verwüstungen zu schützen, eine Jungfrau als jährlichen Tribut versprechen müssen, die er dann mit Haut und Haar verschlinge. Das Los entscheide alle Mal unter den 14-jährigen Jungfrauen und diesmal habe es die Königstochter getroffen. Darüber seien der König und das ganze Land in tiefster Betrübnis und doch müsse der Drache sein Opfer erhalten.

Der Schäfer fühlte Mitleid mit dem schönen, jungen Mädchen und folgte dem Wagen. Dieser hielt endlich an einem hohen Berge. Die Jungfrau stieg aus und schritt langsam ihrem schrecklichen Schicksal entgegen. Der Kutscher sah nun, dass der fremde Mann ihr folgen wollte und warnte ihn. Der Schäfer ließ sich jedoch nicht abwendig machen.

Als sie die Hälfte des Berges erstiegen hatten, kam vom Gipfel herab ein schreckliches Untier mit einem Schuppenleib, Flügeln, und ungeheuren Krallen an den Füßen, aus seinem Rachen loderte ein glühender Schwefelstrom und schon wollte es sich auf seine Beute stürzen. Da rief der Schäfer: »Zerreißen« und der zweite seiner Hunde stürzte sich auf den Drachen, biss sich in der Weiche desselben fest und setzte ihm so lange zu, bis das Ungeheuer endlich niedersank und sein Leben aushauchte. Der Hund aber fraß den Drachen völlig auf, sodass nichts als ein paar Zähne übrig blieben. Die steckte der Schäfer in seine Tasche.

Die Königstochter war vor Schreck und vor Freude ohnmächtig geworden, der Schäfer erweckte sie wieder zum Leben und nun sank sie ihrem Retter zu Füßen und bat ihn, mit zu ihrem Vater zu kommen, der ihn reich belohnen werde. Der Jüngling antwortete: »Er wolle sich erst in der Welt umsehen, nach drei Jahren aber wiederkommen.« Und bei diesem Entschluss blieb er. Die Jungfrau setzte sich wieder in den Wagen und der Schäfer setzte mit seinen Hunden seinen Weg fort.

Der Kutscher aber war auf böse Gedanken gekommen. Als sie über eine Brücke fuhren, unter der ein großer Strom floss, hielt er an, wandte sich zur Königstochter und sprach: »Euer Retter ist fort und begehrt Euern Dank nicht. Sagt deshalb Eurem Vater, dass ich den Drachen umgebracht habe; wollt Ihr aber das nicht, so werfe ich Euch hier in den Strom, und niemand wird nach Euch fragen, denn es heißt, der Drache habe Euch verschlungen.« Die Jungfrau wehklagte und flehte, aber vergeblich. Sie musste endlich schwören, den Kutscher für ihren Retter auszugeben und keiner Seele das Geheimnis zu verraten.

So fuhren sie in die Stadt zurück, wo alle außer sich vor Entzücken waren. Die schwarzen Fahnen wurden von den Türmen genommen und bunte darauf gesteckt und der König umarmte mit Freudentränen seine Tochter und ihren vermeintlichen Retter. »Du hast nicht nur mein Kind, sondern das ganze Land von einer großen Plage errettet«, sprach er. »Darum ist es auch billig, dass ich dich belohne. Meine Tochter soll deine Gemahlin werden. Da sie aber noch allzu jung ist, so soll die Hochzeit erst in einem Jahr sein.« Der Kutscher dankte, wurde prächtig gekleidet, zum Edelmanne gemacht und in allen feinen Sitten, die sein nunmehriger Stand erforderte, unterwiesen. Die Königstochter aber erschrak heftig und weinte bitterlich, als sie dies vernahm, doch wagte sie nicht, ihren Schwur zu brechen.

Als das Jahr um war, konnte sie nichts erreichen als die Verlängerung der Frist um ein weiteres Jahr. Auch dies ging zu Ende und sie warf sich dem Vater zu Füßen und bat um noch ein Jahr, denn sie dachte an das Versprechen ihres wirklichen Erretters. Der König konnte ihrem Flehen nicht widerstehen und gewährte ihr die Bitte, mit dem Zusatz jedoch, dass dies die letzte Frist sei, die er ihr gestatte. Wie schnell verrann die Zeit! Doch der Hochzeitstag war nun festgesetzt, auf den Türmen wehten rote Fahnen und das ganze Volk war in Jubel.

An demselben Tag geschah es, dass ein Fremder mit drei Hunden in die Stadt kam. Der fragte nach der Ursache der allgemeinen Freude und erfuhr, dass die Königstochter eben mit dem Manne vermählt werde, der den schrecklichen Drachen erschlagen. Der Fremde schalt diesen Mann einen Betrüger, der sich mit fremden Federn schmücke. Aber er wurde von der Wache ergriffen und in ein enges Gefängnis mit eisernen Türen geworfen. Als er nun so auf seinem Strohbündel lag und sein trauriges Geschick überdachte, glaubte er plötzlich draußen das Winseln seiner Hunde zu hören. Da dämmerte ein Gedanke in ihm. »Brich Stahl und Eisen!«, rief er, so laut er konnte, und alsbald sah er die Tatzen seines größten Hundes an dem Gitterfenster, durch welches das Tageslicht spärlich in seine Zelle fiel. Das Gitter brach und der Hund sprang in die Zelle und zerbiss die Ketten, mit denen sein Herr gefesselt war; darauf sprang er wieder hinaus und sein Herr folgte ihm. Nun war er zwar frei, aber der Gedanke schmerzte ihn sehr, dass ein anderer seinen Lohn ernten solle. Es hungerte ihn auch und er rief seinem Hund zu: »Bring Speisen!« Bald darauf kam der

Hund mit einer Serviette voll köstlicher Speisen zurück; in diese Serviette war jedoch eine Königskrone gestickt.
Der König hatte eben mit seinem ganzen Hofstaat an der Tafel Platz genommen, als der Hund erschienen war und der bräutlichen Jungfrau bittend die Hand geleckt hatte. Mit freudigem Schreck hatte sie den Hund erkannt und ihm die eigene Serviette umgebunden. Sie sah dies als einen Wink des Himmels an, bat den Vater um einige Worte und vertraute ihm das ganze Geheimnis. Der König sandte einen Boten dem Hunde nach, der bald darauf den Fremden in des Königs Kabinett brachte. Der König führte ihn an der Hand in den Saal. Der ehemalige Kutscher erblasste bei seinem Anblick und bat kniend um Gnade. Die Königstochter erkannte den Fremdling als ihren Retter, der sich überdies durch die Drachenzähne, die er noch bei sich trug, ausweisen konnte. Der Kutscher wurde in den Kerker geworfen und der Schäfer nahm seinen Platz an der Seite der Königstochter ein. Diesmal bat sie nicht um Aufschub der Hochzeit.

Das junge Ehepaar lebte schon einige Zeit in großem Glück, da gedachte der ehemalige Schäfer seiner armen Schwester und sprach den Wunsch aus, ihr von seinem Glück mitzuteilen. Er sandte einen Wagen fort, sie zu holen, und es dauerte nicht lange, so lag sie in den Armen ihres Bruders. Da begann einer der Hunde zu sprechen und sagte: »Unsere Zeit ist nun um, du bedarfst unser nicht mehr. Wir blieben nur so lange bei dir, um zu sehen, ob du auch im Glück deine Schwester nicht vergessen würdest.« Darauf verwandelten sich die drei Hunde in Vögel und verschwanden in den Lüften.

Des kleinen Hirten Glückstraum

Es war einmal ein sehr armer Bauersmann, der war in einem Dörflein Hirte, und das schon seit vielen Jahren. Seine Familie war klein, er hatte ein Weib und nur ein einziges Kind, einen Knaben. Diesen hatte er sehr frühzeitig hinaus auf die Weide mitgenommen und ihm die Pflichten eines treuen Hirten eingeprägt und so konnte er sich, als nun einigermaßen der Knabe herangewachsen war, ganz auf denselben verlassen, konnte ihm die Herde allein anvertrauen und konnte unterdessen daheim noch einige Dreier mit dem Flechten von Körben verdienen. Der kleine Hirte trieb seine Herde munter hinaus, er pfiff oder sang manch helles Liedlein und ließ dazwischen gar laut seine Hirtenpeitsche knallen; dabei wurde ihm keine Zeit lang. Des Mittags lagerte er sich gemächlich neben seine Herde, aß sein Brot und trank aus der Quelle dazu und dann schlief er auch wohl ein Weilchen, bis es Zeit war, die Schafe weiter zu treiben.

Eines Tages hatte sich der kleine Hirte unter einen schattigen Baum zur Mittagsruhe gelagert, schlief ein und träumte einen gar wunderlichen Traum: Er reise fort, gar unendlich weit fort – ein lautes Klingen, wie wenn unaufhörlich eine Masse Münzen zu Boden fiele, ein Donnern, wie wenn unaufhörlich Schüsse knallten, eine endlose Schar Soldaten mit Waffen und in blitzenden Rüstungen – das alles umkreiste, umschwirrte, umtoste ihn. Dabei wanderte er immerzu und stieg immer bergan, bis er endlich oben auf der Höhe war, wo ein Thron aufgebaut war, darauf er sich setzte, und neben ihm war noch ein Platz, auf dem ein schönes Weib, welches plötzlich erschien, sich niederließ. Nun richtete sich im Traum der kleine Hirte empor und sprach ganz ernst und feierlich: »Ich bin König von Spanien.« Aber in demselben Augenblick wachte er auf.

Nachdenkend über seinen sonderbaren Traum trieb der Kleine seine Herde weiter und des Abends erzählte er daheim seinen Eltern, die vor der Türe saßen und Weiden schnitzten, wobei er ihnen auch half, seinen wunderlichen Traum und sprach zum Schluss: »Wahrlich, wenn ich jenes noch einmal träume, so gehe ich fort nach Spanien und will doch sehen, ob ich nicht König werde!«

»Dummer Junge«, murmelte der alte Vater, »dich macht man zum König, lass dich nicht auslachen!« Und seine Mutter kicherte weidlich und klatschte in die Hände und wiederholte ganz verwundert: »König von Spanien, König von Spanien!«

Am andern Tag zu Mittag lag der kleine Hirte zeitig unter jenem Baume und – o Wunder! – derselbe Traum umfing wieder seine Sinne. Kaum hielt es ihn bis zum Abend auf der Hut; er wäre gerne nach Hause gelaufen und wäre aufgebrochen zur Reise nach Spanien. Als er endlich heimtrieb, verkündete er seinen abermaligen Traum und sprach: »Wenn mich aber noch einmal so träumt, so gehe ich auf der Stelle fort, gleich auf der Stelle.« Am dritten Tage lagerte er sich denn wieder unter jenen Baum und ganz derselbe Traum kam zum dritten Male wieder. Der Knabe richtete sich im Traume empor und sprach: »Ich bin König von Spanien«, und darüber erwachte er wieder, raffte aber auch sogleich Hut und Peitsche und Brotsäcklein von dem Lager auf, trieb die Herde zusammen und geraden Wegs nach dem Dorfe zu. Da fingen die Leute an, mit ihm zu zanken, dass er so bald und so lange vor der Vesperzeit eintreibe, aber der Knabe war so in Eile, dass er nicht auf das Schelten der Nachbarn und der eigenen Eltern hörte, sondern seine wenigen Kleidungsstücke, die er des Sonntags trug, in ein Bündel schnürte, dasselbe an ein Nussholzstöcklein hing, das er über die Achsel nahm und so, mir nichts, dir nichts, fortwanderte.

Gar flüchtig war der Knabe auf den Beinen; er lief so rasch, als sollte er noch vor nachts in Spanien eintreffen. Doch erreichte er an diesem Tage nur einen Wald, nirgends war ein Dorf oder ein einzelnes Haus; und er beschloss, in diesem Wald, in einem dichten Busch, sein Nachtlager zu suchen. Kaum hatte er aber zur Ruhe sich niedergelegt und war entschlummert, als ein Geräusch ihn wieder weckte: Es zog eine Schar Männer in lautem Gespräch an dem Busch vorüber, in welchen er sich gebettet. Leise machte der Knabe sich hervor und ging den Männern in einer kleinen Entfernung nach und dachte: »Vielleicht findest du doch noch eine Herberge. Wo diese Männer heute schlafen, kannst du gewiss auch schlafen.«

Gar nicht lange waren sie weiter gewandert, als ein ziemlich ansehnliches Haus vor ihnen stand, aber so recht mitten im dunklen Wald. Die Männer klopften an, es wurde aufgetan und neben den Männern schlüpfte auch der Hirtenknabe mit hinein in das Haus. Drinnen öffnete sich wieder eine Türe und alle traten in ein großes, sehr spärlich erhelltes Zimmer, wo auf dem Fußboden umher viele Strohbunde, Betten und Deckbetten lagen, die zum Nachtlager der Männer bereitgehalten schienen. Der kleine Hirtenbub verkroch sich schnell unter einem Strohhaufen, welcher nahe an der Türe aufgeschichtet war, und lauschte nun auf alles, was er nur aus seinem Versteck hören und sehen konnte. Bald kam er dahinter, denn er war ohnehin klug und aufgeweckt, dass diese Männerschar eine Räuberbande sei, deren Hauptmann der Herr dieses Hauses war. Dieser bestieg, als die neu angelangten Mitglieder der Bande sich hingelagert hatten, einen etwas erhöhten Sitz und sprach mit tiefer Bassstimme: »Meine braven Genossen, tut mir Bericht von eurem heutigen Tagewerk, wo ihr eingebrochen seid und was ihr erbeutet habt!« Da richtete sich zuerst ein langer Mann mit kohlschwarzem Bart empor und antwortete: »Mein lieber Hauptmann, ich habe heute früh einen reichen Edelmann seiner ledernen Hose beraubt, diese hat zwei Taschen, und sooft man das Unterste zuoberst kehrt und tüchtig schüttelt, sooft fällt ein Häuflein Dukaten heraus auf den Boden.«

»Das klingt sehr gut!«, sprach der Hauptmann. Ein anderer der Männer trat auf und berichtete: »Ich habe heute einem General seinen dreieckigen Hut gestohlen; dieser Hut hat die Eigenschaft, wenn man ihn auf dem Kopf dreht, dass unaufhörlich aus den drei Ecken Schüsse knallen.«

»Das lässt sich hören!«, sprach der Hauptmann wieder. Und ein Dritter richtete sich auf und sprach: »Ich habe einen Ritter seines Schwertes beraubt; so man dasselbe mit der Spitze in die Erde stößt, ersteht augenblicklich ein Regiment Soldaten.«

»Eine tapfere Tat!«, belobte der Hauptmann. Ein vierter Räuber erhob sich nun und begann: »Ich habe einem schlafenden Reisenden seine Stiefeln abgezogen und wenn man diese anzieht, legt man mit jedem Schritt sieben Meilen zurück.«

»Rasche Tat lobe ich!«, sprach der Hauptmann zufrieden. »Hänget eure Beute an die Wand und dann esset und trinket und schlafet wohl.« Somit verließ er das Zimmer der Räuber; diese zechten noch weidlich und fielen dann in festen Schlaf. Als alles stille und ruhig war und die Männer allesamt schliefen, machte sich der kleine Hirte hervor, zog die lederne Hose an, fuhr in die Stiefel und schlich dann leise mit Hut und Schwert aus dem Haus. Draußen aber zeigten die Stiefel zur Freude des Kleinen schon ihre Wunderkraft und es währte gar nicht lange, so schritt das Bürschchen zur großen Residenzstadt Spaniens hinein; sie heißt Madrid.

Hier fragte er den ersten Besten, der ihm entgegenkam, nach dem größten Gasthof der Stadt, aber er erhielt zur Antwort: »Kleiner Wicht, geh du hin, wo deinesgleichen einkehrt, und nicht, wo reiche Herren speisen.« Doch ein blankes Goldstück machte jenen gleich höflicher, sodass er nun gerne zum Führer des kleinen Hirten wurde und ihm den besten Gasthof zeigte. Dort angelangt, mietete der Jüngling sogleich die schönsten Zimmer und fragte freundlich seinen Wirt: »Nun, wie steht es in Eurer Stadt? Was gibt es hier Neues?« Der Wirt zog ein langes Gesicht und antwortete: »Herrlein, Ihr seid hier zu Land wohl fremd? Wie es scheint, habt Ihr noch nicht gehört, dass unser König, Majestät, sich rüstet mit einem Heer von zwanzigtausend Mann? Seht, wir haben oft Feinde; oh, es ist gar eine schlimme Zeit! Herrlein, wollt Ihr auch etwa unters Militär gehen?«

»Freilich, freilich«, sprach der zarte Jüngling und sein Gesicht glänzte vor Freude. Als der Wirt sich entfernt hatte, zog er flugs seine ledernen Hosen aus, schüttelte sich ein Häuflein Goldstücke und kaufte sich kostbare Kleider und Waffen und Schmuck, tat alles an und ließ beim König um Audienz bitten. Und wie er in das Schloss kam und von zwei Kammerherren durch einen großen herrlichen Saal geführt wurde, begegnete ihnen eine wunderliebliche junge Dame, die sich anmutig vor dem schönen Jüngling, der in der Mitte der Herren ging und sie zierlich grüßte, verneigte, und die Herren flüsterten: »Das ist die Prinzessin, Tochter des Königs.« Der junge Mann war nicht wenig von der Schönheit der Königstochter angetan und seine Entzückung und Begeisterung ließen ihn keck und mutvoll vor dem Könige reden. Er sprach: »Königliche Majestät! Ich biete hiermit untertänigst meine Dienste als Krieger an. Mein Heer, das ich Euch zuführe, soll Euch den Sieg erfechten, mein Heer soll alles erobern, was mein König zu erobern befiehlt. Aber eine Belohnung bitte ich mir aus, dass ich, sofern ich den Sieg davontrage, Eure holde Tochter als Gemahlin heimführen dürfe. Wollt Ihr das, mein gnädigster König?« Und der König staunte ob der kühnen Rede des Jünglings und sprach: »Wohl, ich gehe auf deine Forderung ein; kehrst du heim als Sieger, so will ich dich als meinen Nachfolger einsetzen und dir meine Tochter zur Gemahlin geben.«

Jetzt begab sich der ehemalige Hirte ganz allein hinaus auf das freie Feld und begann, sein Schwert drauf und drein in die Erde zu stoßen. In wenigen Minuten standen viele Tausende kampfgerüsteter Streiter auf dem Platz und der Jüngling saß als Feldherr kostbar bewaffnet und geschmückt auf einem herrlichen Ross, welches mit goldgewirkten Decken behangen war, der Zaum blitzte von Edelsteinen. Und der junge Feldherr zog aus, dem Feind entgegen, da gab es eine große blutige Schlacht; aus dem Hut des Feldherrn donnerten unaufhörlich tödliche Schüsse und das Schwert desselben rief ein Regiment nach dem andern aus der Erde hervor, sodass in wenigen Stunden der Feind geschlagen und zerstreut war und die Siegesfahnen wehten. Der Sieger folgte den Feinden nach und nahm ihnen auch noch den besten Teil ihres Landes hinweg. Siegreich und glorreich kehrte der Jüngling dann zurück nach Spanien, wo ihn das höchste Glück noch erwartete. Die schöne Königstochter war nicht minder entzückt gewesen von dem schmucken Jüngling, wie sie ihm im Saale begegnet war, als er von ihr; und der gnädigste König wusste die sehr großen Verdienste des tapferen Jünglings auch gebührend zu würdigen, hielt sein Wort, gab ihm seine Tochter zur Gemahlin und machte ihn zu seinem Nachfolger und Thronerben.

Die Hochzeit wurde prunkvoll und glänzend vollzogen und der ehemalige Hirte saß ganz im Glück. Bald nach der Hochzeit legte der alte König Krone und Zepter in die Hände seines Schwiegersohns, der saß stolz auf dem Thron und neben ihm seine schöne Gemahlin, und es wurde ihm als dem neuen König von seinem Volke Huldigung gebracht. Da gedachte er seines so schön erfüllten Traumes und gedachte seiner armen Eltern und sprach, als er wieder allein mit seiner Gemahlin war: »Meine Liebe, sieh, meine Eltern sind sehr arm, mein Vater ist Dorfhirte, weit von hier, und ich selbst habe als Knabe das Vieh gehütet, bis mir durch einen wunderbaren Traum offenbart wurde, dass ich noch König von Spanien werde. Und das Glück war mir hold, sieh, ich bin nun König, aber meine Eltern möchte ich auch gern glücklich sehen, daher ich mit deiner gütigen Zustimmung nach Hause reisen und die Eltern holen will.« Die Königin war zufrieden und ließ ihren Gemahl ziehen, der sehr schnell von Ort zu Ort kam, weil er seine Siebenmeilenstiefel anhatte. Unterwegs stellte der junge König die Wunderdinge, die er den Räubern abgenommen, bis auf die Stiefel, ihren rechtmäßigen Eigentümern wieder zu, holte seine armen Eltern ab, die vor Freude ganz außer sich waren, und gab dann dem Eigentümer der Stiefel für dieselben ein Herzogtum. Dann lebte er glücklich und würdiglich als König von Spanien bis an sein Ende.

Frau Holles Spinnenfäden

Ehe der Sommer ganz zu Ende geht, pflegt er uns gewöhnlich noch eine Reihe schöner Tage zu bescheren, an denen die alten Weiblein sich noch einmal in der Sonne aufwärmen können, vor der raue Winter sie hinter den Ofen bannt. Drum nennt man diese Zeit auch den Altweibersommer. Wer sich während seiner Herrschaft im Freien aufhält, dem sind gewiss schon die weißen Fäden aufgefallen, die ab und zu in der Luft umherfliegen oder an den verschiedensten Gegenständen hängen, ja, sich bisweilen auch über unser Gesicht ziehen und in unseren Haaren oder an den Kleidern haften bleiben.

Woher kommen diese feinen Fäden nur? – Sie stammen aus Frau Holles Rocken. Frau Holle sitzt hinter den Wolken und spinnt, und von Zeit zu Zeit, wenn ihr der Faden reißt und sie ihn zusammenbinden muss, lässt sie ein Stückchen davon zur Erde hinunterflattern, einen feinen, feinen Faden, den sich die Mädchen zum Muster nehmen sollen, um zu lernen, solch feine Fäden zu spinnen wie Frau Holle. Wenn einmal eines das fertig bringt, dann bekommt es von Frau Holle zur Aussteuer ein hauchzartes Hemd aus lauter von ihr gesponnenen Himmelsfäden, das ihrer Trägerin ewige Jugend und Schönheit verleiht.

Bis jetzt hat leider noch keine irdische Spinnerin einen solch feinen Faden fertig gebracht, dass er mit Frau Holles Himmelsfaden auch nur einigermaßen in Wettbewerb treten könnte. Drum hat auch noch keine ein Hemd von ihr erhalten und so ist auch keine einzige Jungfrau in den Besitz ewiger Jugend und Schönheit gelangt, nein, sie müssen alle altern und welken.

Die drei Musikanten

Es zogen einmal drei junge Musikanten aus ihrer Heimat in die Fremde. Sie hatten alle drei bei einem Meister die Musik gelernt und wollten nun ihr Glück in fremden Landen versuchen. Sie wanderten von Ort zu Ort und spielten auf zur Kirchweih und zu Festtagstänzen.

So kamen sie auch einmal in ein Städtchen, gingen in ein Wirtshaus und unterhielten die Gäste mit schöner Musik. Dann hörten sie den Gesprächen der Gäste zu. Da wurde mancherlei Verwunderliches erzählt. Zunächst ging die Rede von einem Zauberschloss, welches in der Nähe des Städtchens war und von

welchem ebenso viel Wunderschönes wie Wunderliches erzählt wurde. Dort seien ungeheure Schätze zu finden, aber es sei auch ein schrecklicher Gespensterspuk dort. Manche seien schon hineingegangen und seien grün und blau geschlagen wieder herausgekommen, ohne die Schätze gehoben oder den Zauber gebrochen zu haben.

Als die drei Musikanten allein in ihrer Schlafkammer waren, beschlossen sie, sich in das rätselhafte Schloss zu wagen. Nun wurden sie einig unter sich, dass ein jeder für sich, einer nach dem andern, dem Alter nach, sich hineinwagen sollte. Dass einem jeden ein ganzer Tag dazu vergönnt sein sollte, sein Abenteuer zu bestehen.

Der erste Tag fiel dem Geiger zu. Der machte sich mutig und ohne Säumen auf den Weg zum Schloss und fand, als er dort anlangte, die Eingangspforten schon offen, als ob man seiner geharrt hätte. Doch als er über die Schwelle geschritten war, schlug hinter ihm die schwere Tür zu und es sprang ein riesiger Eisenriegel vor, obgleich kein lebendes Wesen zu erblicken war. Den Geiger kam ein Grausen an und es sträubten sich ihm die Haare. Aber er konnte weder umkehren noch verweilen. Auch dachte er wieder an die vielen verborgenen Schätze im Schloss. So ging er durch alle Räume, doch überall war eine Totenstille. Dem Jüngling wuchs der Mut aufs Neue, zumal als er in die Küche und in das Kellergewölbe kam und dort eine Fülle der herrlichsten Speisen und Weine vorfand.

Der Jüngling ergriff zuerst sein Instrument und ließ seine schönen Melodien durch die stillen Räume schallen, worauf er sich dann ohne Zaudern zur einladenden Tafel setzte und zu schmausen anfing.

Doch nicht lange, so öffnete sich die Türe und es trat ein kleines Männlein herein, mit verwelktem Gesicht und grauem Bart, der bis auf die großen silbernen Schuhschnallen herabreichte. Das Männlein setzte sich schweigend neben den Geiger und schmauste mit. Als nun die Reihe an den Wildbretbraten kam, nahm der Geiger die Schüssel und nickte dem Männlein zu, doch zuerst zuzulangen. Dieses spießte lächelnd ein Stück Fleisch auf die Gabel und nickte wieder und ließ dabei das Bratenstückchen unter den Tisch fallen. Gefällig bückte sich der Geiger, um es wieder aufzuheben. Aber im Nu saß ihm schon das Bartmännlein auf dem Rücken und bläute so unbarmherzig auf ihn los, als ob es ihm das Lebenslicht ausblasen wolle. Und auch des Geigers Mund wurde zugehalten, bis er unter unaufhörlichem Prügeln endlich zur großen Eingangspforte hinausgeschoben wurde. Draußen schöpfte der halb tote Geiger frischen Odem. Dann schlich er ächzend dem Gasthof zu, wo seine Kameraden geblieben waren, die fest schliefen. Am anderen

Morgen sahen sie ganz erstaunt den Geiger ebenfalls im Bett liegen und bestürmten ihn mit vielen Fragen. Doch er kratzte sich Kopf und Rücken, gab sehr kurze Antworten und sprach: »Gehet hin und sehet selber zu! Es ist eine kitzliche Sache.«

Der zweite Musiker, ein Trompeter, trat nun den Gang nach dem Zauberschloss an, fand alles so vor wie der gebläute Geiger auch und wurde ebenso bewirtet mit Braten und Prügeln, sodass er am folgenden Morgen ebenfalls wie ein geprügelter Fuchs auf dem Lager lag und klagte, es sei ihm aus grober Tonart absonderlich aufgespielt worden.

Dennoch hatte der Dritte, ein Flötenspieler, noch Mut genug, um sein Heil im Zauberschloss zu versuchen. Er war der pfiffigste von den Dreien. Furchtlos durchwanderte er das ganze Schloss und es schien ihm recht angenehm, diese schönen Räume für immer zu besitzen. In Küche und Keller war ja Vorrat in Hülle und Fülle. Fröhlich singend und Flöte spielend wanderte er umher, dann nahm er an der gedeckten Tafel Platz und ließ es sich schmecken. Da trat wieder das Bartmännlein herein und setzte sich neben den Gast. Der unerschrockene Musikant ließ sich mit ihm in ein Gespräch ein und tat gerade, als ob er es schon hundertmal hier getroffen, doch war das Männlein nicht sehr redselig. Endlich kam es wieder an den Braten und das Männlein ließ wieder mit Absicht sein Stück fallen. Gutmütig war eben der Flötenspieler im Begriff, es aufzuheben, als er gewahrte, dass das Männlein flugs auf seinen Rücken springen wollte. Da wandte er sich rasch um, schüttelte das Männlein an seinem Bart so derb, bis er zuletzt den ganzen herausriss und der kleine Alte ächzend niederstürzte. Aber sowie der Jüngling den Bart in seinen Händen hatte, überkam ihn eine außerordentliche Kraft, und er erschaute im Schloss noch viel wunderbarere Dinge wie vorher, dagegen hatte das Männlein fast alles Leben verloren. Es winselte und flehte: »Gib, o gib mir meinen Bart wieder, so will ich dir allen Zauber, der dieses Schloss umfasst, kundtun und dir dazu verhelfen, den Zauber zu lösen, sodass du dadurch reich und ewig glücklich werden wirst.« Der kluge Flötenspieler aber sprach: »Deinen Bart sollst du wiederhaben, doch musst du mir zuvor all dies kundtun, sonst bist du ein Schalk. Eher gebe ich den Bart nicht aus meinen Händen.« Da musste der Alte sich bequemen, erst sein Versprechen zu erfüllen, obgleich er nicht willens gewesen war, sondern nur mit List seinen Bart wieder an sich bringen wollte.

Der Jüngling folgte dem Alten nun durch dunkle geheime Gänge, unterirdische Gewölbe und gräuliche Felsklüfte, bis sie endlich auf ein freies Gefilde kamen, das aussah wie eine viel schönere Welt als die unsrige. Und an einen Strom kamen sie, der brauste wild. Doch das Männlein zog einen kleinen Stab hervor und schlug ins Wasser, worauf alsbald die Flut auseinander trat und stille stand, bis beide trockenen Fußes hinüber waren. Drüben war eine Pracht, wie man es nicht erzählen kann. Der Jüngling staunte, und er staunte noch mehr, als er von dem grauen Männlein in ein noch weit prachtvolleres Gebäude als das Wunderschloss geführt wurde. Auch hier herrschte neben aller Herrlichkeit die tiefste Stille in den Gemächern, und als sie durch viele geschritten waren, kamen sie in einen Saal, der ganz mit Schleiern behangen war. In der Mitte stand ein dicht verhülltes Bett, darüber hing ein schöner Vogelbauer mit einem Vogel, welcher helle Lieder durch die einsame Stille schmetterte. Das graue Männlein hob die Schleier und Hüllen von dem Lager und führte den Jüngling näher. Dieser erblickte eine wunderschöne Jungfrau, auf deren Haupte eine diamantene Krone blitzte, doch ein tiefer, totenähnlicher Schlaf hielt die schöne Jungfrau gefangen, und nichts vermochte sie zu erwecken.

Da sprach das Männlein zu dem verwunderten Jüngling: »Siehe hier, diese schlafende Jungfrau, sie ist eine Prinzessin. Dieses schöne Schloss und dieses gesegnete Land sind ihr Erbe, wenn sie erlöst ist. Aber seit Jahrhunderten schläft sie den festen Zauberschlaf und seit Jahrhunderten fand noch keine menschliche Seele den Weg, der hierher führt und den nur ich täglich zurücklege, um dort im Schloss, welches meine Wohnung ist, zu speisen und etwa die goldgierigen Menschen, die sich einfanden, mit Prügel zu bestrafen. Ich bin der Wächter über diese Schläferin und musste verhüten, dass ein Fremder hier eindringt, und dazu ward mir mein Bart, in welchem solch übermäßigen Kräfte wohnen, dass auch ich ebenfalls seit Jahrhunderten diesen Zauber zu üben vermag. Doch nun, da mir der Bart entrissen, bin ich ohne Zauberkraft und muss dir das Geheimnis der Erlösung preisgeben. Nimm diesen Vogel, der über der Prinzessin hängt und der sie einst in den Zauberschlummer gesungen hat und seitdem jene Melodien immer singen musste. Nimm ihn, schlachte ihn und nimm sein Herz, verbrenne es zu Pulver und gib dies der Prinzessin in den Mund. Alsbald wird sie davon erwachen, wird dir ihre Hand reichen und dich zum Manne nehmen. Das Land und das Schloss mit all seinen Schätzen wird sie mit dir teilen.« Das Männlein schwieg erschöpft und der Jüngling säumte nicht, an das Werk der Erlösung zu gehen. Kaum hatte er das Pulver der Prinzessin gegeben, schlug diese die Augen auf, erhob sich vom Lager, reichte dem Jüngling die Hand und küsste ihn. In demselben Augenblick zog ein Donnern und Krachen durch das Schloss, auf allen Treppen wurde es laut, und aus allen Gemächern hörte man Geräusche. Endlich kam eine Schar Diener und Dienerinnen in das Gemach, in welchem das Paar weilte, und alle freuten sich über die Erlösung und eilten an ihre Arbeit. Alle waren wie neu geboren.

Das graue Männlein verlangte nun seinen Bart von dem Jüngling zurück und dachte in seinem boshaften Herzen, dem Glücklichen einen Possen zu spielen. Denn wenn ihm der Bart erst wieder am Kinn saß, hatte er die Macht, alle Sterblichen zu überwältigen. Allein der kluge Flötenspieler war immer noch vorsichtig mit dem tückischen Männlein, er sprach: »Oh, deinen Bart sollst du wiederhaben, ich will ihn dir zum Abschied überreichen, aber erlaube, dass wir beide, meine Braut und ich, dich eine kleine Strecke begleiten dürfen.« Das konnte das Männlein nicht verweigern.

Sie gingen nun mit dem Alten durch das schöne Gefilde und kamen an das ungeheuer tiefe, rauschende Wasser, welches viele Meilen weit rund um das Land der Prinzessin strömte und die Grenze bildete. Keine Brücke und kein Nachen war ringsum vorhanden, worauf Menschen das jenseitige Ufer erreichen konnten. Auch kein kühner Schwimmer hätte es erreicht, denn die Wellenflut war zu tosend und wild. Da sprach der Jüngling zu dem Männlein: »Gib mir deinen Stab, auf dass ich dir diesmal zu Ehren das Wasser auseinander teile.« Und das Männlein musste gehorchen, weil es seine Bartkräfte noch nicht wieder hatte, und dachte boshaft im Stillen: »Wenn er mir drüben über dem Wasser den Bart überreicht, so bekomme ich ihn doch in meine Gewalt, nehme ihm dann den Stab wieder ab und beide können ihr wunderschönes Land nie mehr betreten.«

Doch des Alten boshafte Gedanken erfüllten sich nicht. Der kluge Jüngling schlug mit dem Stab ins Wasser, es teilte sich behände und stand stille und das graue Männlein ging voran und ging hinüber und schnell hinter ihm brauste die Flut zusammen. Aber der Jüngling war mit der Prinzessin am anderen Ufer zurückgeblieben, er behielt den Zauberstab und schleuderte nur den Bart über das Wasser, sodass ihn das graue Männlein drüben auffing und sich ihn wieder ansetzte. So war der Alte doch um seinen Zauberstab betrogen und durfte nimmer wieder das herrliche Land betreten. Der glückliche Jüngling kehrte mit der Prinzessin ins Schloss zurück. Sie lebten in steter Freude und

Glückseligkeit und keine Sehnsucht kam ihm in sein Herz, je wieder zu seinen Kameraden zurückzukehren.

Diese saßen lange im Wirtshaus und als jener nicht wiederkam, sprachen sie: »Der ist flöten gegangen« – und das ist hernach zum Sprichwort geworden, wenn einer oder eine Sache abhanden und nicht wieder gekommen ist.

Der Holzhauer und seine Frau

Ein armer Holzhauer war das ganze Jahr hindurch mit seiner Frau im Walde und machte Holz; bei jedem Hiebe aber, den er mit der Axt tat, sagte er seufzend: »Ei, so beiß!« Da kam ein vornehmer Graf des Weges daher und hörte dem Manne eine Weile zu und fragte ihn endlich, weshalb er denn immer »Ei, so beiß!« sage. »Ach«, antwortete der Holzhauer, »hätte Eva nicht in den Apfel gebissen, so wären wir heute noch im Paradiese und ich bräuchte hier kein Holz zu hauen! Sooft ich daran denke, muss ich seufzen und werde bös auf die Eva.«

Darauf nahm der Graf die armen Leute mit auf sein Schloss und gab ihnen Essen und Trinken, so gut und viel, wie sie nur wollten. Einmal hatte er alles Mögliche für sie kochen und auftragen lassen; darunter war auch eine verdeckte Schüssel, von der sagte der Graf, dass sie dieselbe ja nicht aufmachen sollten; sie dürften sie bloß ansehen! Dann ließ er sie allein in dem Zimmer. – Nun hätte die Frau aber gar zu gerne gewusst, was in der verdeckten Schüssel war; bald dachte sie an dies, bald an das. Endlich aber trieb sie die Neugier so sehr, dass sie nicht widerstehen konnte und den Deckel nur ein wenig aufhob. Aber im selben Augenblick sprang eine Maus aus der Schüssel und als die Frau sie wieder fangen wollte, da war sie längst in einem Loch verschwunden.

Als nachher der Graf kam und sah, dass die Maus fort war, so sprach er zu dem Manne: »Jetzt beklage dich nicht mehr über die Eva! Deine Frau würde es ebenso gemacht haben!« Und dann behielt er die Leute nicht länger in seinem Schlosse und sie mussten sich wieder im Wald durch Holzhauen ihr Brot verdienen. Bei jedem Hiebe, den der Mann jetzt tat, musste er an das gute Leben auf dem Schlosse und an die Fürwitzigkeit seines Weibes denken und sagte nicht mehr: »Ei, so beiß!«, sondern: »Ei, so guck!« Und wenn er nicht aufgehört hat oder gestorben ist, so kannst du ihn noch im Walde hauen und klagen hören.

Von treuer Freundschaft

Der Rabe, den die Vögel für einen Weisen halten, saß im Wald auf einem Baum. Da kam der Vogelsteller, stellte sein Netz, streute Körner darein und ging wieder fort. Aber der Rabe fürchtete sich vor dem Netz und versteckte sich im dichten Laub. Da kam ein Schwarm wilder Tauben und sah die leckeren Gerstenkörner und alle setzten sich und fraßen. Aber das Netz fiel zu und sie waren darin gefangen und flatterten herum.

Da sprach die Führerin des Schwarmes: »Uns hilft nicht, also hin und her zu flattern; lasst uns aber versuchen, alle auf einmal in die Höhe zu fliegen; vielleicht vermögen wir's, das Netz mitzunehmen.« Und sie flogen alle zusammen in die Höhe und nahmen das Netz mit sich.

Der Rabe hatte alles mit angesehen, hatte gesehen, wie Einigkeit die Tauben stark machte, und flog in der Ferne nach.

Und die Tauben hatten sich niedergesetzt in ein Kornfeld, in der Nähe eines Baumes, und berieten, wie sie aus dem Netz herauskommen möchten. Da sprach eine von dem Schwarm: »Ich habe unlängst Freundschaft geschlossen mit einer Maus, die hier in der Nähe wohnt. Soll ich ihr rufen, dass sie das Netz zernage?«

Und sie rief der Maus. Die kam aus ihrer Höhle heraus und zernagte bald die Schnüre und die Tauben flogen fröhlich davon und dankten der Maus für ihre Befreiung.

Der Rabe hatte alles mit angesehen und dachte bei sich, ein treuer Freund wäre doch ein großes Gut, und setzte sich deshalb in die Nähe des Mausloches und rief der Maus, weil er Freundschaft mit ihr schließen wollte. Als aber die Maus herauskam und den Raben erkannte, floh sie schnell wieder in ihr Loch. Aber der Rabe rief ihr wieder und sagte: »Was fliehst du vor mir? Willst du nicht meine Freundin werden?« Und die Maus antwortete ihm: »Nein, das geht nimmermehr an. Denn in Kürze würde deine angeborene Lust nach einem Fleisch dich unsere Freundschaft vergessen machen und du würdest mich, wie jede andere Maus auch, auffressen.«

Das redete ihr aber der Rabe aus und sie lebten beisammen ohne Misstrauen und waren zufrieden. Nur sehnte sich der Rabe nach seinem Baum, denn er fürchtete sich hier vor den vorüberziehenden Jägern. Darum sagte er eines Abends zu der Maus, wenn sie nichts dawider habe, so wollten sie wegziehen von diesem Ort, weil es da nicht verborgen genug sei. Er wollte sie an einen viel heimlicheren Ort bringen, wo er auch eine treue Freundin habe, die Schildkröte, bei der sie künftig wohnen wollten. Und die Maus war mit dem Vorschlage zufrieden, denn auch ihr war es unheimlich da, weil eine Katze oft in das Feld kam und ihr nachstellte. Und der Rabe fasste sie mit dem Schnabel bei ihrem Schwänzlein und trug sie durch die Lüfte und setzte sie unter seinem Baume nieder und rief der Schildkröte, seiner Freundin.

Und die Schildkröte kam hervor aus ihrem Teiche und freute sich, dass ihr Nachbar wieder da sei, und freute sich, dass er noch eine Freundin, die Maus, mitgebracht habe. Die Maus grub sich ein Loch und so wohnten beisammen alle Drei in Frieden und Eintracht.

Als sie eines Tages beieinander saßen und vieles plauderten von der Welt Lauf, da kam eilends ein Hirsch gelaufen, der blieb am Teiche stehen und sah sich um. Da floh die Schildkröte in das Wasser und tauchte unter und die Maus verkroch sich in ihr Loch. Aber der Rabe schwang seine Fittiche und flog in die Höhe, zu sehen, ob der Jäger den Hirsch verfolge. Er sah aber nichts und kam herunter und sprach zum Hirsch: »Sei ohne Furcht, hier ist keine Gefahr. Noch kein Jäger ist in die Gegend des Waldes gekommen. Wenn es dir hier gefällt, so kannst du hier wohnen. Um den See wächst schönes Futter und sein Wasser ist frisch zum Trunke.« Und als er dies gesagt, rief er der

Maus und der Schildkröte und sie kamen hervor und redeten dem Hirsch auch zu, dass er bleiben solle.

Und der Hirsch sah umher, das Gras war schön und das Wasser frisch und der Ort sicher vor Nachstellung, er machte sich also eine Lagerstätte aus Laub und Moos und wohnte bei ihnen und sie hielten treue Gemeinschaft miteinander. Eines Abends war aber der Hirsch nicht heimgekommen. Da war seinen Freunden bange, es möchte ihm ein Unheil widerfahren sein, und der Rabe flog aus auf Kundschaft und sah seinen Freund liegen, gefangen in einem Netz. Und er flog zurück und brachte seinen Genossen die Nachricht und beriet sich mit ihnen, wie man ihn befreien möge.

Da sprach die Maus zu ihm: »Nimm du mich auf und trage mich hin, dass ich ihm das Netz zernage.« Und der Rabe trug sie schnell hin und sie nagte an dem Netze. Da kam auch die Schildkröte daher und der Rabe und die Maus schalten, dass sie gekommen wäre. Und der Rabe sagte: »Wohin willst du denn fliehen, wenn der Jäger kommt? Ich fliege fort, der Hirsch läuft weg, die Maus verkriecht sich, was willst aber du machen? Dein Gang ist langsam, du kannst dich nicht retten.«

Und indem der Rabe noch so redete, kam der Jäger schon gegangen, zu sehen, ob er etwas gefangen habe in seinem Netz. Und als er den Hirsch darin sah, freute er sich schon. Allein, ehe er noch hinkam, war das Netz schon zernagt, der Hirsch sprang in das Dickicht, der Rabe flog weg, die Maus verkroch sich, aber die Schildkröte stand und zitterte vor Schreck an allen Gliedern.

Der Jäger ärgerte sich, dass ihm die schöne Beute entgangen war. Um aber doch nicht ganz leer nach Hause zu kommen, nahm er die Schildkröte, wickelte sie in das zernagte Netz und machte sich auf den Weg. Doch die Maus hatte dem allen zugesehen und rief ihre Freunde schnell zusammen und beriet mit ihnen, wie man die Schildkröte wieder befreien könnte. Da schlug der Rabe vor, der Hirsch solle sich wie tot an den Weg legen, an dem der Jäger vorbeikommen musste, und er wolle auf ihm sitzen, als ob's ein Aas wäre, von dem er fräße. Wenn das der Jäger sähe, so würde er gewiss sein Netz niederlegen und hinzugehen. Dann solle der Hirsch aufspringen, langsam hin und her laufen, als hätt er ein Gebrechen am Lauf, und solle so den Jäger immer reizen und an ihn herankommen lassen, dann aber immer wieder entspringen; und das so lange, bis die Maus derweil das Netz zernagt und die Schildkröte sich im Walde verkrochen habe. Dann wollten sie sich alle auf einmal davonmachen.

Und wie sie's beschlossen hatten, so taten sie's auch. Der Jäger warf sogleich die Schildkröte beiseite und eilte dem Hirsch nach. Als aber die Schildkröte und das Mäuslein in Sicherheit waren, da sprang der Hirsch auf einmal davon und eilte schneller, als der Jäger sich's versah, und kam alsbald mit seinen Genossen wieder zu dem See zurück. Und es freuten sich alle, dass sie durch ihre Freundschaft einander gerettet hatten.

Die Maus und die Katze

Friede sei mit euch!« So schloss der Herr Pfarrer mit der Predigt. Die Kirchenmaus hatte ihm andächtig zugehört und seine Worte waren ihr sehr zu Herzen gegangen. »Recht hat der Mann«, dachte sie voll ehrlichster Überzeugung, »wozu leben auch Katze und Maus in immer währendem Krieg miteinander? Wir armen Mäuse können uns so nie unseres Lebens freuen und die Katze hat auch durch die ewige Jagd, die sie auf uns macht, nichts als Mühe und Unruhe. Ich will dem Übel ein Ende bereiten, will ein ver-

nünftiges Wort mit der Katze reden. Darauf wird sie wohl hören und nicht sich der Einsicht verschließen.« In dieser Hoffnung begab sich die Maus zu der Katze und sagte keck ihre Meinung. »Wohl wahr, was du sagst«, erwiderte diese auf des Mäusleins wohl wollende Worte, »wohl wahr. Ich stimme dir bei und bin wie du für den Frieden; drum lass ihn uns sogleich schließen.« Ob solchen Erfolgs ihrer Rede piepste die Maus vor Vergnügen und reichte der Katze vertraulich das Pfötchen. Diese griff zu. Ein Biss – und tot war das niedliche Tierchen, das die Katze behaglich verzehrte. So war das Streiten beendet zwischen Katze und Maus und Frieden herrschte auf Erden. Dessen freute die Katze sich, lag in der Sonne und schnurrte.

»Ei«, sagte ein Hase, der diese Geschichte vernommen, »ei, wie mag auch der Schwache den Starken zum Frieden ermahnen und so unklug dem Feinde sich nahen. Nein, meine ich, weit vom Gewehr ist das Beste gegen den Schuss. Ich höre der Hunde Gebell. Leb wohl! Ich eile von hinnen.«

Das Wasserweible und die Bären

In einer Mühle in Hohenlohe kam jede Nacht ein Wasserweible und trieb allerhand bösen Schabernack. Es stellte das Mühlrad ab, verrückte die Mahlsteine oder warf die vollen Kornsäcke um. Der Müller hatte viel Verdruss und wusste sich nicht zu helfen. Eines Tages kam ein Bärentreiber mit drei großen schwarzen Bären und bat um Nachtherberge. Dem erzählte der Müller von dem böswilligen Treiben des Wassergeistes. Der Bärentreiber sagte, diesem Unfug wolle er schon abhelfen, man solle ihn seine drei Bären zur Nacht nur dahin tun lassen, wohin die Unholdin komme. Das ließ der Müller gerne zu. Am andern Morgen erschien das Wasserweiblein im Mühlbach, übel zerkratzt und blutend. Es zitterte am ganzen Leib und fragte mit ängstlicher Stimme: »Müller, Müller, hast du deine schwarzen Katzen noch?« Der Müller rief: »Dia bliwe do!« Seitdem kam das Wasserweible nie mehr wieder.

Der Schulzenmichel und der Tod

Der Schulzenmichel war in Hall gewesen, um seine Milchschweine zu verkaufen. Weil der Erlös nach Wunsch ausgefallen war, hatte er sich nach beendigtem Geschäft noch einen Marktschoppen in einem Wirtshaus gegönnt; und so befand er sich jetzt reichlich spät auf dem Heimwege. Doch was machte das dem Michel aus! Der kannte keine Furcht und marschierte sorglos pfeifend auf der Landstraße dahin, bis er an den Wegzeiger kam, an dem er, um in sein Dorf zu kommen, links abbiegen musste. Dort stellte er das Pfeifen ein, denn er sah eine große, schwarze Gestalt im Schnee stehen. »Auch ein Verspäteter«, dachte er und wollte mit einem »Guten Abend!« vorübergehen. Aber er wurde angerufen: »Wohin des Wegs?« »Der Heimat zu«, war Michels Antwort. »Nimm mich auch mit!«, rief der Schwarze. »Meinethalb«, brummte Michel gutmütig. Auf diese Erlaubnis hin gesellte sich der Fremde zu ihm und beide setzten ihren Weg gemeinsam fort. Aber dem Michel war es gar nicht recht wohl zumute in der Gesellschaft des schwarzen Unbekannten. Es kam ihm vor, wie wenn ein Leichen- oder Modergeruch von ihm ausströmen würde, der ihn am Atmen hinderte. Deshalb rückte er möglichst weit von ihm ab, lief so nach und nach immer mehr am Rand des Weges und ging dort ganz dicht am Graben, während der Schwarze in der Mitte der Straße weitertrottete.

Doch das half dem Michel nicht lange; denn sein lästiger Begleiter schwenkte nach einer kleinen Weile zu ihm hinüber und hielt sich dichter noch als wie zuvor an seiner Seite. Diese Zudringlichkeit passte dem Michel sehr wenig, weshalb er ihm zurief: »Drei Schritt vom Leib, Kerl! Ich brauche Ellbogenfreiheit.« Der andere schwieg jedoch auf Michels Anruf ganz stille,

als hätte er nichts gehört, und rückte nur noch näher. Das ärgerte den Michel und er stieß mit der Faust nach ihm, um ihn in die Mitte des Wegs zurückzustoßen, was aber nicht gelang. Der Schlag hatte nur die Wirkung, dass dem Schwarzen der breitkrempige Hut vom Kopfe fiel und dem Michel ein grausiger Totenschädel entgegengrinste, was ihn dermaßen erschreckte, dass er stolperte und um ein Haar in den Graben gefallen wäre. Darüber packte ihn Grauen und Groll zugleich und er schrie den Unhold an: »Mach, dass du zum Teufel kommst!« »Von dem komme ich gerade«, war die Antwort. »Was willst du denn von mir?« »Nichts als bei dir bleiben.« »Ich will aber deine Gesellschaft nicht.« »Aber ich die deine. Du hast mir erlaubt, mit dir zu gehen, und wer mich einmal zum Wegbruder hat, der wird mich nicht so schnell wieder los. Du musst mich mitnehmen in dein Dorf; dort wartet Arbeit auf mich.« »Ich habe aber keinen Platz für dich.« »Was, keinen Platz für mich? Du irrst dich, Michel. Für den Tod gibt's allerwärts ein Plätzchen. Ich gehe durch jede Tür und wenn ich komme, gibt's im vollsten Raume sogleich Lücken. Geh, Michel, führe mich! Du bist in meiner Macht.« Bei diesen Worten merkte Michel nur zu gut, dass er den Tod nicht so leichten Kaufes loswurde und ihn also wohl oder übel mit nach Hause nehmen musste. So ging er denn mit ihm weiter des Weges. Aber langsam ging er, ganz langsam; denn es war ihm gegen den Strich, dass er den unheilvollen Gast in sein Dorf bringen sollte. Drum sann er während des Gehens hin und her, wie er den Tod so unterbringen könnte, dass niemand im Dorf einen Schaden durch ihn leiden müsste. »Gut!«, sagte er nach einer Weile des Schweigens zu ihm, »ich nehme dich mit mir, weil du so anspruchslos bist; aber du musst dann auch wirklich mit dem Platz zufrieden sein, den ich dir anweise.« »Einverstanden!«, erklärte der Tod.

Inzwischen waren aber die beiden bei dem Dorfe angekommen und standen schon vor dem ersten Haus, dem Backhaus. »Halt! Hier muss ich hinein«, sagte Michel. »Mein Weib hat heute Brot gebacken. Ich will sehen, ob es noch im Ofen steckt.« »Ist mir auch recht«, stimmte der Tod zu, dem die Knochen vor Kälte klapperten, und sie gingen ins Backhaus hinein, wo sie es gar warm und behaglich fanden. Als aber Michel das Backofentürchen aufmachte, um nach dem Brot zu sehen, da kam eine ganze Wolke Wärme heraus. Der streckte Michel seinen breiten Rücken entgegen, um sich aufbähen (wärmen) zu lassen, und verdeckte so das ganze Ofenloch. Da wurde der Tod neidisch und sagte mürrisch: »Mach Platz! Ich will auch die Wärme genießen.« »Recht«, sagte Michel und wich zur Seite. Weil es aber gar so gut nach dem frischen Brote roch, wurde der Tod lüstern und er befahl dem Michel: »Hole das Brot aus dem

Ofen!« Da begehrte dieser auf: »Tu es selbst! Ich bin nicht dein Hausknecht.« So musste der Tod selbst nach dem Brot langen. Weil es aber weit hinten saß und er keinen Laibschießer hatte, kroch er ein Stück weit in den Ofen hinein. Da gab ihm Michel einen kräftigen Schubs und drinnen war das ganze Klappergestell in dem glühendheißen Ofen. Michel aber schlug schnell die Türe zu und schrie: »So, jetzt hast du deinen Platz. Da kannst du drin bleiben bis zum jüngsten Tag.« Nun gefiel zwar dem Tod der Aufenthalt in dem heißen Ofen durchaus nicht, aber er musste darin bleiben; denn er hatte ja dem Michel versprochen, dass er mit jedem Platze vorlieb nehmen wolle. Damit es ihm aber ganz unmöglich sein sollte, aus dem Ofen zu entweichen, wandte Michel in aller Eile noch ein gutes Schutzmittel an. Er tauchte seine Hand in die mehlige Backmulde und malte – eins, zwei – eins, zwei – eins, zwei – im Nu drei weiße Kreuze auf die schwarze Ofentüre. Jetzt fing der Tod, der sich überlistet sah, gottsjämmerlich zu wimmern an in seinem heißen Gehäuse: »Lass mich heraus! Lass mich heraus! Ich muss dem Teufel Höllenfutter bringen.« Michel schenkte jedoch seinen Klagen kein Gehör, sondern war recht froh, dass er den Plaggeist gut aufgehoben wusste.

Er lief eiligst ins Dorf hinein und erstattete dem Ortsvorsteher Meldung von seinem sonderbaren Abenteuer. Dieser machte erst große Augen vor Verwunderung, dann aber lobte er den schlauen Michel, dass er den Tod unschädlich gemacht hatte. Es war ihm nämlich schon lange angst und bange vor dessen Besuch, weil er hoch in den Jahren stand. Er rief den Büttel herbei und befahl ihm, sofort im ganzen Orte auszuschellen, dass bei Leib und Leben niemand ins Backhaus dürfe, weil der Tod darin sei. Da erschraken die Leute und machten von nun an einen weiten Bogen ums Backhaus; denn mit dem Tod wollte keiner zusammengeraten. Eine geraume Weile ging denn auch alles ganz gut im Dorfe. Weil der Tod gefangen saß, blieb Groß und Klein gesund und munter und die Alten und Schwachen wurden keck und übermütig; denn sie hatten die Angst vor dem Tod verloren.

Aber die Weiber, die Weiber, die waren mit der Sachlage nicht zufrieden. Dass der Tod im Backofen saß, ausgerechnet im Backofen, den man doch immer so nötig brauchte, das wollte ihnen durchaus nicht passen und war ihnen gerade jetzt, wo es auf Weihnachten ging, besonders unangenehm. Drum schalt auch die Schulzenbäuerin ihren Michel: »Warum hast du denn den Tod gerade in den Backofen gesperrt, du überzwerches Mannsbild, du? Die Hanfdarre wäre auch recht gewesen für ihn.« »Ja, sie hat Recht«, unterstützten sie die Nachbarinnen und verlangten von Michel, er solle den Tod umquartieren. Davon wollte dieser aber nichts wissen. Das ärgerte die Weiber und sie zogen murrend und scheltend zum Backhaus. Dort stellten sie sich vor dem Backofen auf und schrien dem Tod in den Ofen hinein, er solle umziehen, sie könnten ihren Backofen nicht länger entbehren, er könne die Hanfdarre haben, dort sei's auch gut wohnen. Aber der Tod gab ihnen keine Antwort, obwohl sie laut und oft genug schrien. Schließlich meinte eine: »Wisst ihr was? Ich glaube, der Tod ist gar nicht mehr am Leben, der ist bei der großen Hitze schon lange verbrannt.« Über diese Ansicht musste die Bachmüllerin herzhaft lachen; denn sie war fest überzeugt, dass der Tod nicht verbrennen könne und überhaupt durch nichts umzubringen sei. Des Neubauern misstrauische Kathrine aber verstieg sich zu der kühnen Behauptung: »Die ganze Geschichte, die uns die Männer vorgemacht haben, ist nichts als ein Schwindel. Entweder will uns der Michel zum Narren halten oder er hat geträumt. Jedenfalls steckt der Tod nicht im Backofen.« »Nun, das wollen wir gleich sehen, ob er drin ist oder nicht«, sagte darauf die Schulzenbäuerin, »und wenn uns mein Michel angeführt hat, dann kriegt er es mit mir zu tun.« Kurz entschlossen trat sie an den Backofen und mit den Worten: »Ich gucke hinein«, riss sie das Ofentürchen auf. – O weh! Da fuhr der Tod heraus und da war es aus mit der Schulzenbäuerin kecken Mut. Die Ärmste erschrak über sein Erscheinen so sehr, dass ihr das Herz stille stand und sie entseelt zu Boden sank. Die andern Weiber aber rannten voller Angst eilends ins Dorf hinein und zeterten und kreischten und dicht hinter ihnen drein kam der Tod. Und jede, die er erreichte, die musste sterben, und sie starben fast alle. Und viele Männer und Kinder des Dorfes starben auch. Aber der Michel starb nicht, dem wich der Tod aus, und als er ihn einmal von ferne sah, rief er ihm zu: »Dich soll der Teufel holen!«

Von Rittern, Räubern und Städtern

Eppelein von Gailingen

Der im Frankenland überall bekannte Eppelein von Gailingen stammte aus dem alten, nun längst ausgestorbenen fränkischen Geschlecht der Gailingen. Er wohnte bei Drameysel in der Nähe von Muggendorf. Zufolge eines Bündnisses mit dem Höllenfürsten, hatte er ein Ross erhalten, das ihn aus allen schwierigen Lagen trug, und das auf den Anruf: »Appele hopp!« über Abgründe und Flüsse hinwegsetzte, gleich als hätte es Flügel.

Einstmals wollte Eppelein den Ort Erkenbrechtshausen bei Crailsheim überfallen. Im dortigen Schloss lebte ein Edelmann, Fritz Gaymann von Crailsheim. Der war reich und die Silberstücke waren in seiner Schatzkammer simriweise aufgeschichtet. Auf diese Schätze hatte es Eppelein abgesehen. Aber nicht immer ist das Glück den Wagehälsen hold. Eppeleins Anschlag misslang und er wäre um ein Haar gefangen genommen worden. Mit leeren Taschen musste er abziehen und in eiliger Flucht davonjagen. Von seinen Verfolgern wurde er vom Dorf aus gegen das Jagsttal getrieben. Nun hat sich aber der Jagstfluss unweit Erkenbrechtshausen ins Gelände eine tief eingeschnittene Rinne gegraben und strömt unter jähen, fast senkrechten Felsabstürzen dahin. Hier schien es, als sei kein Entrinnen mehr für Eppelein, als müsste er sich den nachstürzenden Feinden ergeben. Von allen Seiten drangen sie auf ihn ein. Vor ihm gähnte der Abgrund. Da fasste der Kühne noch im letzten Augenblick den todesmutigen Entschluss, in die Tiefe zu setzen und sich so seinen Verfolgern zu entziehen. »Appele, hopp!«, erklang sein Kommandoruf, und alsbald trug das Tier seinen Herrn davon und hinab in die grausige Tiefe. Die Wasser des Jagstflusses schlugen über dem Reiter zusammen, aber unversehrt tauchten Ross und Mann aus den Fluten empor und jagten bald im Talgrund dahin, als wäre nichts Besonderes vorgefallen. Auf dem großen Felsblock aber, inmitten des Flussbettes, zeigte man noch nach Jahrhunderten die Spuren der Hufeisen, die Eppeleins Rappe ins Gestein geschlagen.

Nunmehr ist der Steinblock in ein Bauernhaus zu Bölgental eingemauert worden. Der Wanderer aber, der vom Beierlesstein, bei Erkenbrechtshausen – der Stelle, an der Eppelein seinen kühnen Sprung getan haben soll – in die Tiefe schaut, kann sich eines geheimen Schauderns nicht erwehren.

Etliche Jahre nach dem versuchten Überfall stattete Eppelein von Gailingen der Stadt Crailsheim einen Besuch ab. Diesmal hatte er es auf den freiherrlich von Ellrichshausenschen Edelhof und dessen Schätze abgesehen. Aber ebenso klug als kühn, band er sein Pferd im Ellrichhausenschen Edelsitz zu Crailsheim nicht, wie andere Besucher taten, in den Gaststall, nein, außen im ummauerten Hof des Hauses ließ er sein Tier umhergehen, während er keck in die Kammern und Zimmer vordrang. Aber nicht lange, so wurde er entdeckt und ein Tross Knechte war hinter ihm her. Er wurde von Gelass zu Gelass gejagt und erreichte nur mit knapper Not wieder das Freie. Hurtig schwang er sich auf sein Pferd und dieweil das Tor inzwischen verschlossen war, rief er sein: »Appele, hopp!« und wieder trug das treue Tier seinen Herrn rasch und sicher über die Mauerbrüstung hinweg. Bei diesem gewaltigen Sprung verlor das Pferd eines seiner Hufeisen. Es flog auf das Dach eines Nachbarhauses und hier blieb es mehr denn fünf Jahrhunderte

liegen. Erst in den 1880er-Jahren, wurde es von dem damaligen Hausbesitzer entfernt.

Einstmals hatte Eppelein, wie schon so oft, mit seinen vierzehn berüchtigten Spießgesellen einen Nürnberger Warenzug überfallen und reiche Beute gemacht. Nicht zufrieden damit, beraubte er seine Opfer auch ihrer Gewänder, sodass die Armen barfuß und im wehenden Hemde dem nächsten Ort zuflüchteten.

Die Kunde von diesem neuesten Stücklein verbreitete sich mit Windeseile über das ganze Gebirg. Während die einen sich darüber ergötzten, schüttelten die andern bedenklich den Kopf ob der verwegenen Einfälle des tollen Buschkleppers. Dieser selbst empfand unbändige Freude, seinen lieben Nürnbergern wieder einmal tüchtig mitgespielt zu haben.

Wenige Tage darauf erbat sich der Ritter bei einer Bäuerin einen Trunk Wasser. Die Frau stand eben am Herdfeuer, Butterschmalz auszukochen. Eppelein ließ sich mit ihr in ein Gespräch ein und fragte, ob sie schon von dem neuesten Streich gehört, den der »Dramausler« den Nürnberger Pfeffersäcken gespielt.

»Ei freilich hab ich von dem Schandwerk g'hört«, erwiderte das zungenfertige Weib, das den Ritter nicht erkannte. »Dieser Eppele is a nasser Bursch. Für den wär ka Gailing (Galgen) z' hoch. Aber der verdient ja net amal an solch'n, a net die Schnur, womit er d'ran aufz'knüpf'n wär. Den muss amal der Schinder mit sein'm Karrn hol'n. Ich bi froh, dass ich noch nichts mit ihm z' tun g'habt hab. Ich hab den Kranketskerl überhaupt noch net amal z' Gsicht kriegt!«

»So? Du hast den Eppelein noch gar net g'sehn!«, entgegnete dieser, dem bei des Weibes frechen Worten die Zornesröte zu Gesicht gestiegen. »Da sollst ihn gleich kennen lernen!« Dabei griff er zu und steckte der Bäuerin rechte Hand hinein in das siedende Schmalz, sodass die zu Tode Erschrockene ein gellendes Schmerzensgeschrei ausstieß. Darauf entfernte sich der Ritter, indem er ihr zurief: »Fragt dich irgendwer, so sagst, der Eppelein hat's getan. Verzähl aber auch, warum!«.

Durch seine tollen Streiche kam Eppelein in den Ruf eines Zauberers und Hexenmeisters, dem alles möglich sei. Noch heute geht im Frankenland von ihm das Sprüchlein:

»Eppele Gaile von Dramaus
Reit't allzeit zu vierzehnt aus.«

Der Straussenkrieg in Hall

Am 24. Mai 1515 saßen die Stadtväter von Hall in ihrer Trinkstube »Im Turm der sieben Burgen« am Markt und ließen den Becher kreisen. Zu gleicher Zeit hielt vor dem Haus des Salzsieders Henneberg der Salzfuhrmann Hans Strauss von Neuenstein mit seinem Wagen, den er mit Salz geladen hatte. Über den Preis des Salzes kamen die beiden Männer in Streit. Der derbe Neuensteiner geriet dermaßen in Wut, dass er den Salzsieder mit der Peitsche übel bearbeitete, und da andere Salzsieder herzuliefen, rasch sein Rösslein ausspannte, sich auf dessen Rücken schwang und zum Eichtor hinausritt.

Draußen im Wald hatte er eine Büchse versteckt, denn er wilderte ab und zu auch. Die holte er nun, setzte sich in Weiler in eine Schenke und schrieb am Wirtstisch einen Fehdebrief an die Stadt Hall:

»Ich, Hanz Strauss von Neustei
tu Kunth zu Wissen jeterman,
dass Hall absaag und feind auf Tod.
Anno Domini 1515 am auffar abent +++ …«

Diesen Absagebrief, eine Kriegserklärung in aller Form, heftete er noch am gleichen Abend an das Weiler Tor von Hall. Mit seiner Büchse ritt er heimlich dem hällischen Dorf Heimbach zu. Am Waldrand begegnete ihm ein Bauer des Dorfes, den er ohne weiteres totschoss. Dann schlüpfte er in eine Scheune und zündete sie an wie auch das Haus daneben. Dem Besitzer, der entsetzt aus seiner Kammer kam, jagte er eine Kugel durch den Leib, dann schwang er sich auf seinen Braunen und ritt davon. Die Flammen loderten zum Himmel, in Hall läuteten die Glo-

cken Sturm. Und mit Entsetzen hörten die Städter, der Strauss von Neuenstein hat Hall den Krieg erklärt, die beiden Männer ermordet und den Brand in Heimbach gelegt. Sofort versammelte sich die Streit- und Löschmannschaft. Doch sie hatten in Heimbach nichts mehr zu tun, die beiden Häuser lagen in Asche, der Räuber war entflohen.

Am andern Tage versammelte sich der Rat der Stadt. Es wurde beschlossen, Kundschafter auszusenden und die Truppen auf den Mordbrenner und Brandstifter Jagd machen zu lassen. Die Obrigkeit ließ eine Bekanntmachung ergehen, dass der Räuber sein Leben verwirkt habe und im Ergreifungsfall auf offenem Markte zu vierteilen sei. Auf den Kopf des Strauss setzte der ehrbare Rat eine Belohnung von 200 Gulden.

Indessen hatte sich der Mörder ruhig nach Hause begeben und rühmte sich dessen, dass er mit den Hallern in offenem Kriege lebe. Er trieb seinen Salzhandel nach wie vor und verstand es, überall, wo er hinkam, verworfene Gesellen und üble Burschen für sich zu gewinnen. Die Grafen von Hohenlohe sahen es gar nicht ungern, wenn die Haller bedrängt wurden. Denn sie hatten schon lange einen Pik auf die stolze Reichsstadt. Der Graf von Waldenburg ließ sofort eine Erklärung ergehen: »Die Truppen der Stadt Hall dürfen das Gebiet der Hohenloher nicht betreten.« Damit bekam der Strauss einen gewaltigen Vorteil.

In acht Abteilungen zog die Hall'sche Kriegsmannschaft in die sechs hällischen Landämter auf die »Straussenjagd«. Aber auch Strauss hatte ein Häuflein Leute um sich gesammelt und mit Musketen, Spießen und Harnischen bewaffnet. So den Blitzbalthes, den Hans Ottenwälder und den Bechlender, den die Haller auf der Henkersbrücke mit einem »D« auf der Stirn gestempelt hatten. Mit diesen fiel er bei Nacht in Ziegelbronn ein und legte sieben Häuser in Asche. In Hall stieg der Unmut aufs Höchste. Ein regelrechter Kriegszug gegen den Neuensteiner wurde unternommen. Doch an der hohenlohischen Grenze bei Waldenburg wehrte ihnen ein Streithaufen des Grafen den Weitermarsch. Die Haller mussten unverrichteter Sache wieder umkehren. Da schwoll dem Strauss der Kamm immer mehr. Die Zahl seiner Anhänger wuchs von Tag zu Tag. In dunkler Nacht überfiel er einmal das Dorf Orlach, wo elf Gebäude in Flammen aufgingen.

Im Herbst zog er eines Tages mit seinem Salzkarren von Grünbühl nach Hohebuch. Da begegnete ihm im Wald ein Schmiedelehrling, der Sohn einer Schuhmacherswitwe aus Hall. Strauss hielt ihn an, zerrte ihn in das Holz und wollte ihn ermorden. Der Bursche flehte kläglich um sein Leben. Da hieb ihm Strauss mit einem Beil die linke Hand ab und hing sie ihm an einer Schnur um den Hals. So verstümmelt schickte er ihn nach Hall zurück.

Bald darauf überfiel er bei Belzhag den Heilbronner Frachtfuhrmann, als dieser wertvolle Güter nach Hall liefern wollte. Nun erneuerten sie in Hall den Steckbrief gegen Strauss und seine Spießgesellen.

Daraufhin ritt der Junker Volck von Roßdorf mit seinen wohl bewaffneten Dienern auf die »Straussenjagd«. Dieser hatte mit seiner Bande einen Streifzug auf Beltersrot unternommen, um dort einen reichen Bauern zu brandschatzen. Der Überfall gelang. Aber in dem Augenblick, als die Räuber ihr Opfer unter den Händen hatten, erschien, auf die Hilferufe des Beraubten hin, der Ritter mit einem Knecht. Strauss flüchtete. Der Ritter verlegte ihm den Weg. Im Getümmel wurde der Knecht schwer verwundet und des Ritters Pferd von Strauss niedergestochen.

Der Edle geriet so in Gefangenschaft der Räuber, die ihn fesselten. Da ertönte der Ruf: »Die Haller kommen!« Wie ein Donnerwetter waren die Schnapphähne auf ihren Pferden und in sausendem Galopp davon. Zwölf Haller Reiter setzten ihnen stürmisch nach, schon waren sie ihnen auf den Fersen, da entkamen die Räuber auf hohenlohisches Jagdgebiet und das Tor flog den Verfolgern vor der Nase zu.

Bald darauf brannte es in einer Nacht in fünf Haller Dörfern und es gingen dabei vierzehn Gebäude in Flammen auf. Die Feuer- und Sturmglocken tönten die ganze Nacht. Nun ließ der schlaue Räuber einen kleinen Stillstand eintreten und ging wieder wie ehemals mit seinem Salzkarren auf Handel. Aber nicht ohne die Vorsicht, seine Büchse, ein scharfes Beil und ein großes Metzgermesser mitzunehmen.

Im Februar war er in Öhringen und trank in »Der Glocke« seinen Schoppen. Dort traf er den Peter Metzger aus Geislingen bei Hall, unterhielt sich mit ihm und erklärte ihm offen, dass sie, wenn sie sich im hällischen Gebiet treffen würden, Feinde wären, denn er sei der Salzhändler Strauss aus Neuenstein. Auf dem Heimweg, als Metzger im dichten Wald über Neuenstein nach Hall fahren wollte, fuhr Strauss mit der gespannten Büchse aus dem Busch, um ihn zu berauben. Aber in Metzgers Wagen, unter der Plane, lagen drei Haller Söldner, die unterwegs aufgesessen waren. Wie der Wind fuhren sie auf den Räuber los. Dieser aber, schneller als sie, war schon im Busch verschwunden.

Am 24. Februar 1516 fiel Strauss mit einer Schar von zwölf Helfershelfern in Buch (bei Crailsheim) ein, brannte eine Scheuer nieder und plünderte ein Wohnhaus. Dem Bauern, dem Besitzer des Hauses, der sich rasch auf sein Pferd schwang, um von Kirchberg Hilfe zu holen, ritt er nach und stach ihm den Spieß ins Bein, sodass er vom Gaul stürzte. Er hätte ihn getötet, wenn nicht andere Bauern gekommen wären und den Strauss vertrieben hätten.

Ein ander Mal überfielen zwei seiner Spießgesellen den Fuhrmann, der Waren von Nürnberg nach Hall führte, schlugen ihn halb tot und schafften die Fuhre fort. Die kostbaren Pelze, die geladen waren, brachten sie den Herren von Rosenberg auf Boxberg, die solche Dinge liebten und bald darauf sogar selbst mithalfen, als die Strauchdiebe einen Haller Wagen mit Tuch auf dem Weg nach Würzburg abfingen.

Da wurde den Hallern verraten, Strauss weile eben in Orendelsall. Rasch zog eine Schar aus, um ihn zu überfallen. Beinahe fingen sie ihn, aber es gelang Strauss zum Küchenfenster hinauszuspringen und zu entkommen. Sein Harnisch und sein Schlachtross blieben in den Händen der Haller.

Nach Dünsbach, wo wohlhabende hällische Bauern wohnten, unternahm Strauss im Oktober einen Streifzug, stahl einem Bauern seine drei Pferde aus dem Stall, nahm dessen Sohn gefangen und führte ihn mit sich fort. Er lieferte ihn den »edlen« Junkern von Boxberg aus und zog Neuenstein zu. Der Gefangene entfloh und verkündigte, wo die Räuberbande sich aufhielt. Bei Brechbach lauerten die Haller ihnen auf. Strauss aber erhielt davon Kundschaft, ließ die Haller bei Brechbach wachen, überfiel Kupfer und zündete das Dorf an vier Ecken an. Wie die Übrigshäuser Sturm läuteten, rückten die Haller an. Strauss konnte mit einem Streifschuss am Bein abermals entkommen. Aber zwei seiner Spießgesellen fielen in die Hände der Städter, wurden nach Hall geführt und dort von vier Ochsen in Stücke gerissen.

Kaum war das Bein des Strauss wieder geflickt, so hielt er es nicht mehr in Neuenstein aus. Mit zwei Genossen kam er in Westernbach zusammen, da erfuhr er, dass der Adlerwirt von dort den Hallern Kaufmannsgüter zugeführt hatte. Dafür sollte dieser fünf Gulden Brandschätzung leisten, die am 15. Dezember in Brettach bezahlt werden mussten, wenn nicht der Adler in Westernbach in Flammen aufgehen sollte. Der Mann versprach, die fünf Gulden zu zahlen, machte aber den Hallern Meldung von der Sache. Am 15. Dezember war Strauss in Brettach, das Geld in Empfang zu nehmen. Der Adlerwirt brauchte recht lange, bis er das Geld, lauter Kreuzer auf den Tisch zählte, und schielte dabei immer zum Fenster hinaus. Auf einmal ertönte der Ruf: »Die Haller kommen!« Strauss griff eilends zum Schwert und wollte entfliehen. Aber diesmal hatte seine Stunde geschlagen. Drei Haller überwältigten ihn, verwundeten ihn durch Hieb und Stich, fesselten ihn in Ketten und führten ihn nach Neuenstadt, nach Württemberg. Die Stadt Hall ersuchte das württembergische Gericht, ihr den Strauss auszuliefern, damit er nach Recht und Gerechtigkeit verurteilt und gevierteilt würde. Aber die württembergische Regierung ging nicht darauf ein. Am 21. Dezember wurde Strauss in Neuenstadt zum Tod durch das Schwert verurteilt und zwei Tage vor Weihnachten hingerichtet. So nahm der Straussenkrieg ein Ende, nachdem dieser Neuensteiner Fuhrmann fast drei Jahre lang einer mächtigen Stadt getrotzt und der Schrecken einer ganzen Landschaft gewesen war.

Das Malefizkreuz

Eine Stunde südlich von Stimpfach steht die Ritterburg Rechenberg. Von dem letzten Ritter der Burg, dem bösen Wilhelm dem Wilden, erzählen die Leute, er sei einst am hohen Ostertage zur Kirche gen Stimpfach geritten. Bei ihm war sein Diener. Wie sie wieder auf dem Heimwege waren, bekam der böse Ritter Streit mit dem Diener und erstach ihn. An Ort und Stelle wurde der Knecht verscharrt und ein steinern Kreuz errichtet, das man nun Malefizkreuz hieß, und das man heute noch zeigt.

Der Ritter vermachte Gut und Burg dem Kloster Ellwangen und soll später von seinem eigenen Stallknecht erstochen worden sein. Viele aber sagen, er sei vom Teufel auf einem Rappen geholt worden und müsste bis zum heutigen Tag umgehen.

Der wilde Rechenberger

Der Jäger Rechenberger oder Rechberger hauste einst auf dem Einkorn bei Schwäbisch Hall. Er spukte in der Gegend zwischen dem Kocher und der Bühler, im Fischachtal und besonders auf der Tüngentaler Ebene bis nach Obersontheim. Weitum war er als Junker Rechenberger oder der wilde Rechberger bekannt. Gewöhnlich ging er zu Fuß in grüner Jägerkleidung, selten ritt er, nie aber überschritt er sein ehemaliges Jagdgebiet. Er führte die Leute auf vielerlei Weise an und hatte seine Lust daran, sie zu necken und zu quälen.

So ahmte er gerne die Geräusche eines überladenen Fuhrwerks nach, das festgefahren mit aller Gewalt wieder loszukommen versucht. Man hörte dann ein Knarren, Knallen und Fluchen. Ging man aber näher hinzu und wollte helfen, so wurde es still und man sah und hörte nichts mehr; ja mancher fiel wohl gar in einen Sumpf oder in einen tiefen Graben. Nächtliche Wanderer führte der wilde Rechenberger oft irre, tanzte als Licht vor ihnen her, das plötzlich erlosch, wenn sie nach Stunden wieder an dem selben Ort standen, von dem sie ausgegangen waren. Müden Eierträgern setzte er sich in den Korb und ließ sich von ihnen bis ans Ende seiner Markung tragen, wo er patschend und laut lachend absprang.

Er spie auch Feuer und steckte Häuser in Brand. So spotteten einmal die Müllersleute zu Obersontheim über den Rechenberger. Da erschien er plötzlich und sah mit feuerrotem Gesicht zum Fenster herein, dass alle erschraken. Noch in derselben Nacht brannte die Mühle ab.

Es gehen viele Geschichten von ihm um. So ritt er einst, als er noch Junker war, mit seinen Knechten einem fremden Herrn zum Willkomm entgegen. In einer Feldkapelle blieb er über Nacht. Als er am Morgen weiterreiste, hatte er dort seine Handschuhe liegen gelassen und schickte deshalb einen Diener zurück, damit er sie hole. Als der Diener in die Kapelle kam, sah er darin einen Sarg stehen und darauf saß der leibhaftige Teufel und hatte des Junkers Handschuhe an. Da packte den Knecht der kalte Graus. Er machte sich auf und davon, kam zurück und erzählte seinem Herrn, was er Entsetzliches gesehen habe. Unwillig darüber ritt der Junker Rechenberger selbst nach der Kapelle. Er fand alles so, wie der Diener berichtet hatte, ritt keck und ohne Furcht hinzu, riss dem Gespenst die Handschuhe ab und ritt wieder seines Wegs.

Über eine Weile war der Rechenberger bei einem Zechgelage auf der Limpurg und ritt spät in der Nacht heim nach Rechenberg. Als er mit seinen Kumpanen in den Wäldern bei

Bühlertann dahintrabte, erhob sich mit einem Mal in den Lüften ein Brausen und Sieden, ein Schreien, Heulen und Wimmern – das Muetesheer zog über ihm dahin. Ehe sich's der Rechenberger versah, war er von seinen Genossen abgesprengt. Er versuchte zu entkommen. Das wilde Heer aber drang ihm nach und holte ihn ein. Gebannt blieb er stehen und ließ die grausige Reiterschar an sich vorüberziehen. Am Schluss des wilden Heeres aber ritt einer, ein schwarzer Reiter im grünen Sammetwams, der führte neben sich ein gesatteltes Pferd am Zügel. Den fragte der Rechenberger, wem denn das ledige Ross gehöre. Da antwortete der Schwarze: »Mein Herr hat einen getreuen Diener, der wilde Rechenberg heißt er; für den ist es bestellt. Heut übers Jahr zur nämlichen Stunde wird er erstochen werden und auf diesem Pferd in die Hölle reiten!« – Und so ist es auch geschehen.

Die Sage vom wilden Rechenberger hat Ludwig Uhland zu einer Ballade inspiriert:

Junker Rechberger

Rechberger war ein Junker keck,
Der Kaufleut' und der Wanderer Schreck.
In einer Kirch verlassen
Da tät er die Nacht verprassen.

Und als es war nach Mitternacht,
Da hat er sich auf den Fang gemacht;
Ein Kaufzug, hat er vernommen,
Wird frühe vorüberkommen.

Sie waren geritten ein kleines Stück,
Da sprach er: »Reitknecht, reite zurück!
Die Handschuh' hab ich vergessen
Auf der Bahre, da ich gesessen.«

Der Reitknecht kam zurück so bleich:
»Die Handschuh' hole der Teufel euch!
Es sitzt ein Geist auf der Bahre;
Es starren mir noch die Haare.«

»Er hat die Handschuh' angetan
Und schaut sie mit feurigen Augen an,
Er streicht sie wohl auf und nieder;
Es beben mir noch die Glieder.«

Da ritt der Junker zurück im Flug;
Er mit dem Geiste sich tapfer schlug,
Er hat den Geist bezwungen,
Seine Handschuh' wieder errungen.

Da sprach der Geist mit wilder Gier:
»Und lässt du sie nicht zu eigen mir,
So leihe mir auf ein Jährlein
Das schmucke schmeidige Pärlein!«

»Ein Jährlein ich sie dir gerne leih',
So kann ich erproben des Teufels Treu';
Sie werden wohl nicht zerplatzen
An deinen dürren Tatzen.«

Rechberger sprengte von dannen stolz;
Er streifte mit seinem Knecht im Holz,
Der Hahn hat ferne gerufen,
Da hören sie Pferdehufen.

Dem Junker hoch das Herze schlug;
Des Weges kam ein schwarzer Zug
Vermummter Rittersleute
(Der Junker wich auf die Seite).

Und hinten trabt noch einer daher,
Ein ledig Räpplein führet er,
Mit Sattel und Zeug staffieret,
Mit schwarzer Decke gezieret.

Rechberger ritt heran und frug:
»Sag' an! Wer sind die Herren vom Zug?
Sag' an, traut lieber Knappe!
Wem gehört der ledige Rappe?«

»Dem treuesten Diener meines Herrn;
Rechberger nennt man ihn nah und fern.
Ein Jährlein, so ist er erschlagen,
Dann wird das Räpplein ihn tragen.«

Der Schwarze ritt den andern nach.
Der Junker zu seinem Knechte sprach:
»Weh mir! Vom Ross ich steige,
Es geht mit mir zur Neige.«

»Ist dir mein Rösslein nicht zu wild
Und nicht zu schwer mein Degen und Schild,
Nimm's hin dir zum Gewinnste
Und brauch' es in Gottes Dienste!«

Rechberger in ein Kloster ging:
»Herr Abt, ich bin zum Mönche zu ring;
Doch möchte' ich in tiefer Reue
Dem Kloster dienen als Laie.«

»Du bist gewesen ein Reitersmann,
Ich seh' es dir an den Sporen an;
So magst du die Pferde walten,
Die im Klosterstalle wir halten.«

Am Tag, da selbiges Jahr sich schloss,
Da kaufte der Abt ein schwarz wild Ross;
Rechberger sollt' es zäumen,
Doch es tät sich stellen und bäumen;

Es schlug den Junker mitten aufs Herz,
Da er sank in bitterem Todesschmerz.
Es ist im Walde verschwunden;
Man hat's nicht wieder gefunden.

Um Mitternacht an Junkers Grab
Da stieg ein schwarzer Reitknecht ab,
Einem Rappen hält er die Stangen;
Reithandschuh' am Sattel hangen.

Rechberger stieg aus dem Grab herauf,
Er nahm die Handschuh vom Sattelknauf,
Er schwang sich in Sattels Mitte;
Der Grabstein diente zum Tritte.

Dies Lied ist Junkern zur Lehr gemacht,
Dass sie geben auf ihre Handschuh' acht
Und dass sie fein bleiben lassen,
In der Nacht am Wege zu passen.

In der Zimmerschen Chronik wird diese Geschichte einem anderen fränkischen Adeligen, dem Herrn von Seckendorf, zugeschrieben.

Der Edelmann von Lohr

Nahe der Stadt Crailsheim ragt aus dem Talgrund, rechts der Jagst, ein Bergrücken auf. Auf diesem soll in alten Zeiten ein Schloss gestanden haben. Darin soll das edle Geschlecht der Herren von Lohr gewohnt haben. Sie waren in der ganzen Umgebung bekannt und gefürchtet. Und manch ein Ritter, der vor Bauersleuten stolz das Haupt erhoben hielt, beugte vor den Herren von Lohr den Nacken, lebte er doch als Dienstmann von deren Gnade und Gunst. Und so mag es gekommen sein, dass in diesem das Herrschen gewohnten Geschlecht sich allmählich hochfahrender Sinn und ungezügelte Rücksichtslosigkeit, vom Vater auf den Sohn und vom Ahn zum Kindeskind, vererbten.

Einer der Lohrer Edelleute war ein gar grimmiger Mann. Er war Gott und aller Welt Feind und die Leute sagten das wahre Wort über ihn: »Der mag sich selber nicht.« Dieser Finsterling hatte als einziges Kind einen Sohn, jener war in allem und jedem das Ebenbild seiner verstorbenen Mutter und in allem und jedem das Gegenteil seines Vaters. Er war ein echter Edelmann, freundlich mit den Bauersleuten und ein Wohltäter der Armen. Dieser junge Edelmann jagte einst in den Waldbergen und da traf er in der Nähe des Dorfes Westgartshausen ein Bauernmädchen von übergroßer Schönheit, in die er sich sofort verliebte, und er schwor sich, diese und keine andere als seine Ehefrau heimzuführen.

Doch da gab es harte Kämpfe. Fürs Erste, das Mädchen wollte nicht an Edelmannsschwüre glauben. Doch der Jüngling bat so lange, bis er des Mädchens Jawort erhielt. Sofort trat er vor seinen Vater und offenbarte ihm seine Liebe. Doch da kam er übel an. »Was!«, schrie der Lohrer Edelmann wutschnaubend, »unsern

alten edlen Stamm willst du schänden durch eine Bauerndirne! Warte, ich will dir die Suppe, die du dir eingebrockt hast, gründlich versalzen«, sprach's und ritt spornstreichs aus dem Burghof, jedoch nicht alleine. Er hatte nämlich einen Knecht, einen verschmitzten Burschen, der mit seinem Herrn, dem alten Edelmann, auf guten und bösen Wegen gegangen. So auch heute. In scharfem Ritt jagten die beiden geradewegs nach Westgartshausen: Er will die Liebste seines Sohnes töten. Doch diese ist nicht daheim, sie ist draußen auf dem Feld tätig. Das weiß der junge Edelmann und reitet, weil er von seinem Vater nichts Gutes erwartet, rasch zu seiner Liebsten aufs Feld. Es gelingt ihm, sie zu überreden. Er setzt sie vor sich auf sein Ross und will querfeldein mit ihr nach Jagstheim reiten. Dort gehört ihm ein Bauernhof, dort will er seine Liebste heiraten und mit ihr leben.

Es war ein Abend im Hochsommer. Der junge Edelmann ritt durch die schweigende Dämmerung, seine Liebste im Arm. Der alte Edelmann, der mittlerweile den Aufenthalt des Mädchens erfragt hatte, ritt mitsamt dem Knecht hinter ihnen drein wie ein drohendes Unwetter. In der Höhe vom Dorf Ingersheim, mitten im Feld, ereilte der Vater den Sohn. »Lass die Bauerndirne!«, schrie der Alte und zückte sein Schwert, um es dem Mädchen in die Brust zu stoßen. In diesem Augenblick riss jedoch der Sohn sein Pferd herum und des Vaters Stahl drang ins Herz des eigenen Sohnes. Lautlos sank dieser vom Pferd. Da sprang, zähnefletschend wie ein wildes Tier, der teuflische Knecht herbei und stieß dem Mädchen die Klinge in die Brust. »Nun habt ihr uns doch vermählt, durch den Tod, Herr Edelmann«, sagte das Bauernmädchen, schlang die Arme um den Liebsten und starb.

So noch von der Sterbenden verhöhnt zu werden, fachte den Zorn des Lohrer Edelherrn aufs Ärgste an. Noch in derselben Nacht hub er zwei Gräber aus und in jedes derselben warf er einen der Toten. Es war des Lohrer eigener Boden, wo die beiden starben und begraben wurden, und so war einige Sicherheit gegeben, dass niemand die Untat erfahren würde. Bis am Morgen die Sterne erblassten und Tageshelle sich im Osten zeigte, so lange schaufelten der Edelmann und sein Knecht und wurden schließlich fertig.

Aber auch im Tode sollte der Unterschied des Standes der Liebenden aufrecht erhalten werden. Darum pflanzte der Lohrer Edelmann zu Häupten desjenigen Grabes, in dem sein Sohn lag, eine Eiche. Schild, Wappenbanner, Speer und Harnisch wurden ihm ins Grab gegeben. Die Ruhestätte des armen Bauernmädchens aber sollte wüst und öde liegen.

Nun verging eine kurze Zeit und was in der Nacht verborgen war, die Sonne brachte es an den Tag. Die Bluttat des Edelmanns wurde ruchbar. Ein dumpfes Murren und Grollen ging im Jagsttal durch das Bauernvolk. Von Mund zu Mund raunte man das Schreckliche, aber Gewisses wusste niemand. Doch am nächsten Gautag sollte der Edelmann beim Thing zu Altenmünster vor allem Volk gefragt werden, was er von dem vermissten Westgartshäuser Bauernmädchen wisse. Aber da fand vorher ein Bauersmann von ungefähr die beiden Gräber und jetzt war es allen offenbar, welches Schicksal die Vermisste erlitten hatte. Flüche über den Lohrer Edelmann stiegen auf und in verzweifeltem Wehklagen riefen die alten Eltern des ermordeten Mädchens zu Gott um Gerechtigkeit. Über Nacht schmückten viele mitleidige Menschen das Grab des Mädchens mit Blumen. Darob geriet nun der Edelmann in namenlose Wut. Er schwor, jeden Bauern aufspießen zu lassen, der zur Tages- oder Nachtzeit bei den Gräbern angetroffen werde, in seinem Gelände habe niemand etwas zu suchen. Ja, er beschloss, die Bauerndirne, wie er sie nannte, ausgraben zu lassen und ihren Leichnam den Vögeln des Himmels auszusetzen.

In einer mondhellen Julinacht ging er, seinen Stolz vergessend, mit dem ergebenen Knecht und einigen anderen selbst ans Werk. Doch da geschah etwas Seltsames. Während der Edelmann die Anordnung zur Ausgrabung der Leiche traf und die Knechte zum Spaten griffen, überzog sich plötzlich der Himmel mit dräuendem Gewölk. Die Blitze loderten und der Donner grollte grausig, es klang wie das gewaltige Zürnen grimmiger Stimmen. In den Lüften ging ein tosendes Branden und Brausen, als fahre das wilde Heer vorüber. Die Knechte wollten davongehen, doch da schlug der Edelmann mit eigener Hand den Spaten in das Grab des Mädchens. Im selben Augenblick zuckte ein blendender Strahl vom Himmel,

Blitz- und Donnerschlag fielen zusammen und am Boden lagen zwei Tote, der Edelmann und der Knecht – vom Blitz erschlagen, indes die andern mit dem Schrecken davongekommen waren. Der göttliche Richter hatte, bevor das Thing zusammen kam, sein Urteil gefällt: Der letzte Lohrer wurde von Gott getötet und wer von Gott geschlagen ist, der steht nimmer auf.

Die Schleusen des Himmels taten sich auf und unaufhörlicher Regen kam herab. Von den Hängen stürzten die Wasser daher, die Bäche und die Flüsse schwollen an und von den jagenden Fluten wurden die Leiber der beiden erschlagenen Unholde davongetragen – wohin, das hat kein Sterblicher jemals erfahren. Nur die Waffen des Edelmanns hat man nachher noch gefunden.

Seit jener Zeit sieht man oft in finsteren Nächten den Lohrer Edelmann, auf schnaubendem Ross und in Begleitung von schwarzen Hunden, ruhelos vom Ort der beiden Gräber bis nach Westgartshausen jagen und wieder zurück. Auch der Knecht geht als schwarze Gestalt unselig zwischen Lohr und den Gräbern einher. Bald im einsamen Ackergelände, bald taucht er neben dem friedlich auf der Landstraße einherziehenden Wanderer auf und begleitet ihn ein Stück des Weges. Dann neckt und schreckt der Lümmel die Leute und insbesondere den Jungfrauen ist er abhold.

Zerstörung von Neufels und Maienfels

Etwa in der Mitte des 15. Jahrhunderts wurden einige Wagen, welche Tuch von der Frankfurter Messe nebst einem kostbaren seidenen Kleid und Kirchenschmuck für die Sankt-Michaels-Kirche nach Hall führten, auf offener Straße in dem Öhringischen Wald bei Zuckmantel aufgegriffen und in das Schloss Neufels an der Kupfer gebracht.

In der folgenden Nacht kamen die Haller in aller Stille dahin, ließen sich in dem Graben zwischen dem Schloss und dem Städtchen nieder und nahmen am folgenden Morgen, als die Mägde zum Vieh in den Hof gingen und das Tor öffneten, das Schloss durch einen kühnen Handstreich ein. Sie erhielten auf diese Weise das geraubte Gut wieder zurück, aber die Anstifter des Straßenraubs entkamen über die Mauer. Das Schloss selbst wurde angezündet und die Steine des Turms in die Kupfer geworfen.

Auch gegen das Schloss Maienfels bei Mainhardt unternahmen die Haller im Jahre 1441 einen Kriegszug und hatten dabei Hilfsvölker von Ulm, Gmünd, Rothenburg ob der Tauber, Nördlingen, Esslingen und andere. In Maienfels saßen viele Städter, die auch bei dem Überfall bei Zuckmantel die Hand im Spiel gehabt hatten, nämlich fünf Ritter und weitere hundertsechzig Personen. Die Städter belagerten das Schloss mit großen Kosten wochenlang. Indessen flohen die Belagerten heimlich durch einen unterirdischen Gang. Dies wurde jedoch entdeckt und etliche adelige Damen wurden dann gefangen genommen. Sie sagten aus, es seien in der Burg nur noch vier Verwundete. Also erstieg man die Mauern und brannte Schloss und Städtlein Maienfels nieder. Es fanden sich im Schloss eine große Menge Mehl und Kriegsgeräte, welche nach Hall gebracht und unter den Teilnehmern am Kriegszug verteilt wurden.

Der Letzte vom Hohenstein

Die Burg Hohenstein, im Bühlertal gelegen, war im 14. und 15. Jahrhundert ein Raubschloss, vor dessen Bewohnern kein Wanderer, selbst Vieh und Frucht auf dem Felde nicht sicher waren. Vom Letzten dieser Raubritter erzählt der Haller Chronist Widmann folgende Geschichte: Eine Frau aus Bayern hatte einen einzigen Sohn. Der war Weinfuhrmann und erwarb mit dieser Beschäftigung den Lebensunterhalt für sich und seine Mutter. Vom untern Neckartal ins Bayernland führte ihn der Weg an der Burg Hohenstein vorbei. Zweimal wurde er vom Hohensteiner gefangen genommen; aber beide Male befreite ihn seine Mutter durch ein Lösegeld. Als er nun zum dritten Male gefangen genommen wurde, konnte die Mutter kein Lösegeld mehr aufbringen. Sie trat daher vor den Hohensteiner und suchte ihn durch flehentliches Bitten zu erweichen. Dieser jedoch, ein hartherziger Mensch, rief aus: »Dein Sohn muss faulen im finstern Turm, wenn du ihn nicht durch Geld befreiest, und nun scher dich, du Hex!« Da wandte sich die Frau zum Gehen. Unterm Burgtor aber wandte sie sich um und mit der Stimme einer Prophetin rief sie dem Hohensteiner zu: »Wohlan, du willst meinen Sohn faulen lassen. Doch ich werde dir eine zehrende Seuche schicken, dass du noch eher draufgehen musst, als mein Sohn im Turme fault.

Da lachte der Ritter des zornmütigen Weibes und schalt sie eine alte Heddel. Doch merkwürdig! Die Worte der Frau wollten ihm nimmer aus dem Sinn, und als er sich des folgenden Tags mit anderen Edelleuten auf der Burgbrücke unterhielt, hub er ganz plötzlich an zu schreien: »O, ich armer Mann! Die elende Hex' will mich verbrennen!« Hierauf brachte man ihn zu den geistlichen Herren auf die Comburg. Die sollten seine irre Seele trösten, aber kein Zuspruch wollte verfangen. Der Ritter starb am andern Tag und mit ihm erlosch das Geschlecht derer von Hohenstein.

Die Haller erobern Klingenfels

Zu den schrecklichsten Plagen der »guten alten Zeit« gehörten die endlosen Fehden und Kriege, die im 14. und 15. Jahrhundert zwischen Edelleuten und Städten bei jeder Gelegenheit, oft um der geringfügigsten Dinge willen zum Ausbruch kamen.

Im Gebiet von Schwäbisch Hall war, unweit Oberscheffach gelegen und von einem doppelten Wassergraben umgeben, ehemals ein schönes Schloss namens Klingenfels. Aus diesem Schlosse geschahen im Jahre 1381 häufige Ausfälle von Reitern, welche das Gebiet der Stadt Hall plünderten. Den Städtern glückte es eines Tages, einige dieser Schnapphähne abzufangen. Sie zogen den Gefangenen die Kleider aus, zogen sie selbst an und kamen in dieser Verkleidung und in gleicher Anzahl wie die gefangenen Räuber vor das Schloss Klingenfels und frohlockten mit den Händen, als ob sie der siegreichen Heimkehr sich freuten. Arglos öffneten die Torwächter ihnen die Burg. Die Haller drangen ein, besetzten das Tor und warteten auf das Anrücken der ihrigen aus der Stadt. So wurde die Burg erobert, geplündert und in Asche gelegt. Dafür nahmen die Edelleute anderer Schlösser in der Gegend blutige Rache an den Hallern, denen sie eine große Anzahl Leute abfingen und aufhängten oder mit dem Schwerte töteten.

Aber auch die Haller ruhten nicht. Am Michaelistage fingen sie fünfzehn dieser adeligen Räuber, die ihnen ein Dorf angezündet hatten. Sie wurden in der Nacht am Kapelltor mit dem Schwert hingerichtet. Als die ersten vierzehn hingerichtet waren, kam die Reihe an einen jungen Reitersbuben, welchen der Scharfrichter bis zuletzt übriggelassen hatte. »Was soll ich mit dem Knaben tun?«, fragte er den Städtemeister, welcher der Hinrichtung beiwohnte. Dieser fragte den Jungen: »Wie heißt du?« »Thomas Hammer«, war die Antwort. »Wohlan, so stirb denn auch«, rief der Gestrenge, »aus Knaben werden Männer.« Und so wurde auch dem Jungen der Kopf abgeschlagen.

Das Gottesgericht

In alten Zeiten hielt einmal Kaiser Maximilian ein Turnier in Worms ab. Viele Ritter waren versammelt, darunter auch Herr Max von Wolfseck. Nun begab es sich, dass auch der Herr von Gräfenstein zum Turnier kam. Derselbe hatte eine schöne Tochter namens Belhild. Als der Wolfsecker diese erblickte, empfand er eine heftige Liebe zur ihr und begehrte sie zur Frau. Herr von Gräfenstein erwiderte, es sei ihm leid, nicht in das Begehren willigen zu können, da seine Tochter mit Engelhard von Maienfels verlobt sei. Max von Wolfseck klagte sein Leid dem Kaiser. Dieser entgegnete: »Gut, weil zwei Ritter um Belhild freien, soll das Turnier, das übermorgen stattfindet, entscheiden.« Aus diesem ging Engelhard von Maienfels als Sieger hervor. Der Wolfsecker rief: »Halt, der Sieg ist durch Zauberei geschehen; der Maienfelser mag sich durch ein Gottesgericht reinigen!« Der Kaiser bestimmte aber, dass die Sache durch einen Zweikampf entschieden werde. Darob war der Wolfsecker sehr verdrießlich! Er hatte nämlich gehofft, der Kaiser würde auf

Feuerprobe erkennen, denn er fürchtete den starken Arm des Gegners. In seiner Angst ließ er den Maienfelser durch seine Diener heimlich ermorden. Als nun der Morgen heraufgezogen kam, füllten sich die Schranken mit unzähligem Volk, mit Rittern und Herren; alles wollte Zeuge des Gottesgerichts sein. Der Kaiser gebot Ruhe. Max von Wolfseck ritt herein. Alles Volk schaute nach dem Maienfelser und wurde ungeduldig, weil er so lange ausblieb. Schon sagte der Wolfsecker: »Er kommt nicht; damit bekennt er sich schuldig.« Als aber der dritte Trompetenstoß verklungen war, erhob sich auf der Straße eine Staubwolke und man gewahrte einen Ritter, welcher vom Kopf bis zum Fuß schwarz gerüstet war. An seinem Helmbusch hatte er die Farbe der Maienfelser. Der Kaiser gab das Zeichen zum Beginn des Kampfes. Als sie gegeneinander ritten, stieß der Wolfsecker eine grässlichen Schrei aus; sein Ross überschlug sich mit ihm und mit gebrochenem Genick lag er am Boden. Der schwarze Ritter verschwand. In demselben Augenblick kam der Herr von Gräfenstein und berichtete, dass man den Maienfelser im Wald ermordet aufgefunden habe. Weit und breit im deutschen Lande erzählte man von diesem wahren Gottesgericht.

Die beleidigte Edelfrau

Ums Jahr 1430 kam die Frau des Ritters von Bemberg im Hällischen auf ihrer Reise vom Wildbade nach Hause mit etlichen Pferden bei Nacht vor das Tor des Klosters Comburg bei Hall und begehrte Herberge. Der Abt stand unter dem Schutze der Reichsstadt und war nicht zugegen. Sein Vikar wagte nicht, in den gefährlichen Zeiten bei Nacht sein Kloster zu öffnen, und riet also der Rittersfrau, sie solle vollends nach Steinbach oder Limpurg reisen und dort übernachten. Was sie da verzehre, werde er bezahlen.

Sie ließ sich bereden, war aber voll Unwillen. Zu allem Unglück warf der Kutscher beim Weiterfahren in der Dunkelheit den Wagen um und die adelige Dame brach dabei den Arm. Als sie nun heim nach Bemberg gekommen, führte sie bei ihrem Gemahl bittere Klagen über die zu Comburg. Der Ritter suchte hinfort dem Kloster auf alle Weise zu schaden. Als der Priester zu Reinsberg starb, erlangte ein Mann aus dem Ansbachischen die Stelle, auf die ihn der Papst ernannte, während der Abt von Comburg, der das Ernennungsrecht für sich in Anspruch nahm, eines Salzsieders Sohn aus Hall auf die Pfarrei setzte. So kam es zum Streit.

Die Haller aber wollten sich nicht einmischen. Da, an einem Sonnabend, nahm der vom Abt eingesetzte Priester, dem der Ansbachische den Einzug in Reinsberg verwehrt hatte, mehrere Leute von Hall mit sich, brach in das Pfarrhaus zu Reinsberg ein, bemächtigte sich des Pfarrers und wollte ihn unter Vorzeigung seiner Ernennungsurkunde zwingen, auf die Stelle zu verzichten. Da dieser sich weigerte, schleppten sie ihn fort an den Fluss Bühler und drohten ihn zu ersäufen, wenn er nicht von seinem Recht abstehe. Der Ansbachische Pfarrer blieb standhaft. Da warfen sie ihn in den Fluss und zerrten ihn an einem Seil im Wasser auf- und nieder, bis er seinen Geist aufgab. Von da an hieß jene Stelle im Fluss »Pfaffengumpen«.

Die Bewohner von Reinsberg hatten bei dem ganzen schlimmen Handel nicht das Geringste getan. Aber der Ertränkte hatte einen Bruder, der ein Untertan des Ritters von Bemberg war. Dieser Edelmann nahm sich der Sache an, fiel mit einigen Reitern und seinen aufgebotenen Bauern in das hällische Dorf Reinsberg ein, plünderte es und warf sogar die Kranken aus ihren Betten und ließ die Bauern alle Eier zertreten.

Die von Hall und Comburg erfuhren es zeitig genug und gingen auf ihre Feinde los, die sie noch auf frischer Tat ertappten. Sie töteten einige derselben, nahmen 21 gefangen und henkten diese anno 1435, den Tag nach Sankt Nikolai, alle miteinander auf einmal auf.

Da mischte sich auch der Markgraf von Ansbach in die Händel; er und der Bemberger hausten übel im Gebiet der Städte, die mit Hall im Bündnis standen.

Die drei Ritter von Oberrot

In der Nähe von Oberrot erhebt sich ein »Schlossbuckel«, auf dem früher die Burg der Herren von Rot gestanden hat. Einst hausten drei Brüder auf dieser Burg, sie waren der Schrecken der ganzen Umgegend. Sie unterdrückten nicht nur die Bauern durch Plünderung und Raub, sondern sie schleppten auch Jungfrauen und Weiber, die ihnen gefielen, zu sich hinauf auf die Burg. Niemals sah man solch eine Unglückliche wieder. Lange wusste man nichts von dem verbrecherischen Treiben der drei Ritter, denn sie kamen stets vermummt und hatten ihren Pferden die Hufeisen verkehrt herum aufgenagelt. Da gelang es einem der geraubten Mädchen, sich an zerschnittenem Bettzeug von der Burg herabzulassen und zu fliehen. Daheim erzählte es dann seine Erlebnisse. Da scharten sich die Bauern der ganzen Gegend zusammen und brachten die drei Ritter in ihre Gewalt. Die wurden auf eine Wiese geführt und dort gehenkt. Seither heißt jene Wiese Henkerswiese. Um das zerfallene Schloss sieht man bei Nacht ein Licht sich bewegen. Hie und da fährt ein feuriges Rad dem Grunde zu. Im Schlosskeller sind große Schätze vergraben, die von weißen Mäusen gehütet werden. Auf dem zerbröckelten Gestein hat man auch schon junge Frauen sitzen sehen.

Ritter Kunibert von Katzenstein

Auf der Burg Katzenstein bei Langenburg lebte einst der Ritter Kunibert. Der war tapfer und kühn, aber rau in seinen Sitten und behandelte hart und streng nicht nur seine Hintersassen, sondern auch seine eigene Familie. Seine Gemahlin Irmgard von Langenburg starb bei der Geburt eines Sohnes. Diesen nannte der Vater Wildemar und ließ ihn ganz ohne Pflege aufwachsen. Ihn auf die Burg eines benachbarten Ritters zu senden, wo er Sitte und Anstand lernen konnte, hielt Ritter Kunibert für überflüssig. Der Sohn aber schlug mehr seiner Mutter nach. Er war nicht stolz und hochfahrend gegen die Bauernlümmel, wie der Vater sich ausdrückte. Er verkehrte trotz den strengen und zornigen Reden seines Vaters gern mit den Bauern und war im nahen Bächlingen öfters zu sehen als auf der Burg. Unter den

Mädchen des Dorfes hatte es ihm eines besonders angetan, Gertrud, die aus Hohebach stammte und ihrem Vetter, dem Ortsrichter von Bächlingen, den Haushalt führte. Wenn der junge Ritter in Bächlingen war, begleitete er das Mädchen zum Hause ihres Vetters. Der aber sagte zu ihr, sie solle von dem Junker lassen, denn als Hausfrau könne er sie nicht wollen und zu einer

Buhlin sei sie ihm, dem Dorfrichter, zu schade. Dem Vater des jungen Ritters blieb dies nicht lange verborgen, er wetterte fürchterlich und stieß die schrecklichsten Drohungen aus. Eines Abends hatten sich die beiden an der Jagstbrücke verabschiedet, als das Mädchen plötzlich von einer großen Gestalt festgehalten wurde. Ehe Wildemar helfen konnte, lag Gertrud in der Jagst. Er sprang hinterdrein und beide wurden von den Fluten der Jagst fortgerissen. Sie konnten sich aber retten und fanden Aufnahme in Hohebach bei den Eltern des Mädchens. Hier lebten sie dreizehn Jahre lang unerkannt. Der Ritter von Katzenstein aber war in Gram und Trübsal verfallen. Nur sein alter Diener durfte sich ihm nähern.

Die Bächlinger hatten an einem Pfingstmontag eine Maifahrt beschlossen. Es gelang dem Diener nach langen und inständigen Bitten, dass der Ritter es gestattete, unter der Schlosslinde auf der Burg Katzenstein den Maientanz zu halten. Dem Burgherrn fiel dabei ein besonders hübsches Mädchen im Alter von etwa zwölf Jahren auf. Auf seine Frage sagte das Kind, es heiße Gertrud und gehöre zum Ortsrichter von Bächlingen. Das Mädchen durfte sich eine besondere Gnade von dem Ritter ausbitten und wünschte, dass ihr Vater von seinen Gütern nicht mehr den Zehnten an den Ritter abführen müsse, sondern nur noch den Dreißigsten. Das wurde ihr gewährt. Der Ritter erfuhr noch am Abend, dass die Kleine die Tochter seines Sohnes sei. Der wurde dann »Edelbauer« in Hohebach und von seinem Vater mit allen Ehren auf die Burg Katzenstein geholt.

Hans von Stetten und die Städtemeisterin

In der ersten Hälfte des 15. Jahrhunderts lebte zu Schwäbisch Hall Hans von Stetten. Er galt viel im Rat der Stadt und soll unter anderem im Jahr 1429 beim Kaiser bewirkt haben, dass die Haller das Blutgericht nicht mehr öffentlich, sondern bei verschlossenen Türen halten durften. Hans von Stetten soll nun der Erste gewesen sein, bei dem dies so ausgeübt wurde.

Dies ging also zu. Als einmal die Frau des Haller Städtemeisters, eine stolze Person, in der Michaelskirche zum Altar gehen wollte, trat ihr Hans von Stetten auf den Mantel. Um nun selber nicht zu fallen, griff er nach der Schnur einer über ihm hängenden Ampel, wodurch das Öl aus dieser floss und sich unglücklicherweise über den Schleier der Frau Städtemeisterin ergoss. Es kam zu einem heftigen Wortgezänke, und Hans von Stetten hatte sich zuletzt den vollen Hass seiner Gegnerin zugezogen. Weiberhass ist kaum zu versöhnen und bringt immer Verderben. Des sollte Hans von Stetten bald inne werden.

Durch eine Kette von Lügen und Ränken brachte die Frau es dahin, dass von Stetten vom Haller Rat unter einem nichtigen Vorwand – er habe das von Stettische Schloss Sanzenbach wider Eid und Gelöbnis und ohne Vorwissen des Rats an eine fremde Herrschaft verkaufen wollen – des Verrats angeklagt und zur Verantwortung gezogen wurde. Auf Verrat stand nun im alten Hall die Todesstrafe. Das Blutgericht, vor dem sich von Stetten zu verantworten hatte, tagte hinter verschlossenen Türen. Das Volk hatte keinen Zutritt, sonst wäre von Stetten sicherlich freigesprochen worden. So aber kam es so weit, dass eines Morgens auf dem Marktplatz der Blutbock aufgestellt wurde, und als hernach das Armesünderglöcklein schrillte, führten sie Hans von Stetten heraus, und sein Haupt fiel unter dem Streich des Henkers. Das geschah im Jahre 1432. Später kam jedoch die Unschuld des Gemordeten an den Tag und die Städtemeisterin beichtete, ehe sie starb, reuig ihre Schuld. Der Haller Rat aber bezahlte dem Sohne des Hans von Stetten eine jährliche Sühne von 100 Gulden.

Der Teufel und der Salzsieder

Während ein Salzsieder in Hall einmal bei Nacht siedete, erschien ihm der Teufel und steckte durch einen Spalt in der Wand des Haalhauses seine gewaltig lange Nase und sagte zum Sieder: »Ist dees net e Noose?« Der Sieder, darauf nicht faul, füllte sogleich ein Gefäß mit siedigem Wasser und schüttete dies dem Teufel auf die Nase und sprach: »Ist dees net e Guuss?«, worauf der Teufel den Salzsieder packte und ihn über den Kocher auf den Gänsberg warf und hinwiederum schrie: »Isch dees net e Worf?« – Das alte Halles, in welchem dies geschehen, heißt seitdem »das Geisterhalles«.

Der Siedershof

Die Stadt Hall verdankt ihre Entstehung dem Haalbrunnen, der inmitten der Stadt unweit des Kocherflusses sich findet. In früheren Zeiten wurde aus dem tiefen Brunnen die Sole gefördert, die dann zu Salz gesotten wurde. Denn ehe die großen

Salzlager am Kocher und am Neckar entdeckt wurden, war das Salz ein rares Gut und man musste mit ihm im Haushalt recht sparsam umgehen. Die Haller Salzsieder machten damals gute Geschäfte. Ihre Siedhäuser füllten den jetzt freien Platz um den Haalbrunnen aus. Tag und Nacht erlosch das Feuer nicht, denn man wollte möglichst viel von dem köstlichen Würzmittel gewinnen. Die Salzsiederei und der Salzhandel machten die Stadt Hall groß und reich. Deshalb standen auch die Salzsieder in Hall in hohem Ansehen und erhielten auch allerlei Rechte und Privilegien. Ihr jährliches Zunftfest wurde von der ganzen Stadt mitgefeiert und heute noch stehen Siederstanz und Siederstracht in Hall in großen Ehren. Über die Entstehung dieses alten Haller Fest wird Folgendes berichtet:

Es war dereinst am Feiertag Peter und Paul (29. Juni), als die ledigen Siederssöhne auf der großen »Unterwöhrd« zu allerlei Kurzweil versammelt waren. Da geschah es, dass aus der gegenüberliegenden Dorfmühle, die die Stadt anno 1490 an sich gebracht hatte, plötzlich ein Hahn mit Zetergeschrei zu einer Dachluke herausflog. Die Sieder sahen es und bemerkten zugleich, wie das Feuer zum First herausschlug. Schnell waren sie nun bei der Hand und dämpften durch geschicktes und mutiges Eingreifen den Brand. Zum Andenken an diese Tat bewilligte der Rat der Stadt Hall der Siederskompanie alljährlich Früchte zu einem Kuchen und Wein zu einem Fest, das heute auch den Namen Kuchen- und Brunnenfest trägt. Auch die Domherrn zu Comburg lieferten Gaben dazu; und so kam es, dass der Kuchen gewöhnlich 100 Pfund und samt der Krönung 120 Pfund wog. Dieser Kuchen wurde an Peter und Paul in feierlichem Festzug durch die Straßen der Reichsstadt getragen und aus der Dorfmühle schüttet man für die Armen etliche Körbe voll mürbes Brot, die so genannten Mühleschifflein, zum Fenster hinaus. Der Anfang des Festes fiel auf Pfingstmontag. Da versammelten sich die ledigen Siederssöhne, genannt »Hofburschen«, nach zwölf Uhr am Siederssteg. Um ein Uhr marschierte man unter Trommel- und Pfeifenschall einige Male auf dem »Unterwöhrd« auf und ab und machte sodann einen gemeinsamen Ausflug in ein benachbartes hällisches Dorf. Nach dem Nachtessen war dann wieder Sammlung auf dem »Unterwöhrd«, von wo aus man ins »Kuchenhaus« ging, also in dasjenige Wirtshaus, in welchem man den Siedershof zu feiern bereits übereingekommen war. An den nächsten Sonntagen zogen die Mitglieder der Siederskompanie paarweise zur Kirche, die zwei ersten Male in roter Tracht, das letzte Mal schwarz gekleidet und in Mänteln, jedes Mal mit Degen und dreieckigem Hut mit silbernen Tressen. In der ganzen Festzeit durfte kein »Hofbursche« den andern mit »du« anreden, bei Strafe von zwei Maß Wein.

Am Peter-und-Pauls-Tag, dem Ehrentag der Haller Sieder, herrschte im Siedersviertel schon in den Frühstunden reges Leben. Burschen und Jungfrauen, welche Letztere längst zuvor von ihrem Gesellen geladen worden waren, putzten sich festlich heraus und kaum dass die Morgenglocke sechs Uhr geschlagen, so versammelten sich die Hofburschen im Kuchenhaus. Um neun Uhr ging der Zug in die Dorfmühle. Der Kuchen wurde abgeholt und bekränzt vom Dorfmüller zum steinernen Steg getragen. Dort übernahm ihn der Kuchenträger aus der Reihe der Siedersburschen und – abwechselnd mit den vier Ältesten der Siedersbuben – brachte er ihn zum »Unterwöhrd«. Von hier zogen sie mit dem Kuchen durch die wichtigsten Straßen der Stadt und endlich im Kuchenhaus ging's an die Verteilung des umfangreichen Gebäcks. Zunächst wurden hierbei die Vorsteher der Stadt und das Haalgericht bedacht, desgleichen der Prediger und Stadtpfarrer sowie der Dekan von der Comburg. Hernach erhielt jeder Siedersbursche seinen Anteil. Nachmittags folgte der Tanz auf der »Unterwöhrd«, der mit dem Läuten der Tor-

glocke endete. Am folgenden Tage wurde »der Bronnenzug« gehalten. In roter Kleidung versammelte man sich nach der Frühsuppe und zog nach dem Gebet mit »Salven und Trinken vor das Rathaus«, dann nach der Gelbinger Gasse bis zu dem Brunnen außerhalb des Josenturms. Diejenigen Hofburschen, die den Siedershof zum ersten Mal mitfeierten, mussten hier um den Brunnen herumtanzen und wurden durch dreimaliges Bespritzen mit Wasser von den Ältesten eingeweiht. Hierauf ging der Zug zurück zum Kuchenhaus. Unterwegs wurde bei allen Brunnen sowie an dem Gasthof zum »Hirsch« mit Schüssen salutiert. Nach dem Mittagsmahl war wieder Tanz auf dem »Unterwöhrd«. Am Sonntag nach Peter und Paul wurde das Fest sodann mit Tanz beschlossen. Dabei wurde der Vers gesungen:

Mei Muetter kocht mer Zwiebel und Fisch,
Rutsch her! Rutsch hin! Rutsch her!
Se weiß wohl, dass i's geare iss,
Rutsch her! Rutsch hin! Rutsch her!

Kaiser Friedrich III. zu Hall

Als Kaiser Friedrich III. im Jahre 1485 mit seinem Sohn Maximilian, dem späteren Kaiser, von Hall nach Gmünd reisen wollte, blieben auf der hohen Steige vor der Stadt die Wagen stecken und konnten nicht mehr vorwärts kommen. Man holte etliche Ochsen, die den Kutschenpferden vorgespannt wurden. Als Kaiser Friedrich dies sah, sprach er mit lachendem Munde: »Sehet doch um Gottes willen, jetzt führet man gar das Heilige Römische Reich im Land mit Ochsen umher.«

Peter und die Räuber

Der Peter war als Knecht bei einem Rotgerber in Hall. Er zeigte sich nicht ungeschickt und der Meister konnte ihn bald weit fortschicken. Einmal musste Peter mit noch einem anderen Knecht zur Lohmühle zwischen Ziegelbronn und Mainhardt, deren Besitzer nicht in der Mühle, sondern auswärts wohnte. Erst spätabends kamen die beiden in der Mühle an, es war furchtbar kalt. Deshalb zündeten sie sofort ein Feuer an, damit sie sich ein wenig aufwärmen konnten. Vom oberen Stockwerk aus sahen sie bald darauf, wie zwei Händler mit einer Frau gerade auf die Mühle zukamen. Dort gingen sie auch gleich hinein und schauten sich nach allen Seiten um. Peter und sein Begleiter versteckten sich oben in ihren großen Lohkörben, verhielten sich mäuschenstill und wollten abwarten, was die drei da unten anstellen würden. Die Frauensperson flüsterte zu ihren Beglei-

tern: »Ich bitte euch, seid still, der Müller hat scheinbar noch ein Feuer angemacht, ist dann aber heimgegangen, als es Nacht wurde, und kommt heute Nacht nicht mehr heraus in die Mühle. Wir wollen uns jetzt ordentlich aufwärmen, zuerst von außen und dann von innen mit euren gestohlenen Sachen.« Nach einer Weile wollten die beiden Händler mit ihrer Begleiterin allerlei Unfug treiben. Der schwere Peter – er war ein wenig naseweis – beugte sich zu weit über seinen Korbrand, bekam das Übergewicht und fiel hinunter, mitten hinein in das Feuer. Die drei aber, die ums Feuer saßen, erschraken furchtbar, sie meinten, es sei der Teufel. Alles ließen sie liegen und stehen und rannten in ihrem Schrecken davon.

Dem Peter aber hat der Purzelbaum gar nichts geschadet. Er krabbelte aus dem Korb heraus, schlug das Feuer mit seinem Mantel aus und wies den anderen Knecht an, er solle den Türriegel vorschieben. Er jubelte vor Freude und rief: »Ist das ein Glück, die haben uns ihre gestohlenen Hühner, Wein, Kirschengeist und Brot liegen lassen. Dafür wollen wir dem lieben Gott danken, fleißig sein und noch recht viele Lohsäcke heute Nacht füllen. Dazwischenhinein stärken wir uns von Zeit zu Zeit ein wenig und morgen früh gehen wir wieder heim nach Hall!«

Das Vermächtnis von Niederstetten

In der Umgebung von Niederstetten war ein adeliges Fräulein. Diese soll unter der Bedingung, dass man sie mit einer silbernen Schaufel und einer silbernen Haue begrabe und ihr ein ewiges Licht anzünde, dem Hardtwald sieben Ortschaften vermacht haben. Dazu zählten auch Niederstetten und Oberstetten. Die Strecke Waldes und Landes ist so groß, dass die sieben Schäfer der sieben Ortschaften hüten können, ohne einander zu bemerken.

Der verfluchte Bauherr

Vor langer Zeit lebte ein Edelmann auf Schloss Dörzbach, ein grausamer Herr, der seine Leute unbarmherzig plagte. Eines Tages fiel es ihm ein, sich ein neues Schloss bauen zu lassen. Kaum war der Bau begonnen, ging der Edelmann auf Reisen. Vor seiner Abfahrt befahl er den Zimmerleuten und Steinmetzen, den Bau innerhalb von vierzehn Tagen zu vollenden. »Bis dahin«, sagte er, »will ich wieder da sein, und wehe euch, wenn ihr dann nicht fertig seid!« Da rief ihm der älteste unter den Bauleuten nach: »Du grausamer Mann, du sollst diesen Bau nie vollendet sehen!« Und wahrhaftig – nach vierzehn Tagen kam der Schlossherr von der Reise zurück, doch er war unterdessen erblindet. So sah er den Bau seines Schlosses nie vollendet, denn der Fluch der Unterdrückten war in Erfüllung gegangen.

Die Waldenburger Fasnacht

Eine Gesellschaft junger, lustiger Leute hatte sich zusammengefunden, um die Fasnacht auf dem Schloss Waldenburg mit rechter Ausgelassenheit zu begehen. Zwölf von ihnen ließen sich Teufelsmasken mit Hörnern, Schweif und Klauen anfertigen, umgaben ihre Kleider mit Werg und neckten so die Gesellschaft. Zur Mitternachtsstunde fand sich plötzlich ein dreizehnter Teufel unter den Gästen ein, ganz so gekleidet wie die anderen. Der aber überbot diese bei weitem an Ausgelassenheit und hatte in kurzer Zeit alles durcheinander gebracht. Verwirrt liefen die Gäste umher. Plötzlich standen die zwölf vermummten Teufelsgestalten, deren Kleider irgendwie Feuer gefangen hatten, in hellen Flammen. Hilferufend rannten sie durch die Zimmer und stürzten sich endlich in den wassergefüllten Burggraben. Doch der trocknete noch in derselben Nacht aus, enthielt aber nicht die geringste Spur von den Verbrannten.

Die Geschichte von der Waldenburger Fasnacht ist historisch bezeugt und noch im selben Jahr in ganz Deutschland in Fliegenden Blätter verbreitet worden:

Ein' sehr erschröckliche, doch wahrhaftige Geschichte, so sich begeben hat in dem Land zuo Wirdenberg, auf dem Schloss Waldenberg genannt, Anno Domimi MDLXX. Jahr an Fassnacht. Als man nach der Geburt Christi Jesu, unsers Seligmacher und Heiland, zählt 1570 Jahr an der Fassnacht, hat es sich begeben in dem Wirdenberger Land auf dem Schloss Waldenberg genannt, dass Graf Eberhard von Hohenlohe etlich' Grafen und ander Herrn vom Adel zuo sich geladen hat, Fassnacht mit ihm zu halten, welche ihme zu gefallen erschienen seind.

Nachdem aber die Herren zu Nacht uber Tisch etliche Stund und Zeit mit Essen und Trinken verzehrt hetten, auch zum Teil ziemlich bezecht und trunken worden, haben sie undereinander angefangen und beratschlagt, sich in Larven oder Schöbart, auch in große, darzu gemachte Teufelskleider zu vermummen, zu Hand haben sie sich auf gemelde Weis' angetan in große Kleider, welche mit Flachs, Werg und andern Ding groß und abscheulich gemacht gewesen seind, und haben schwarze, unlieblich Schömpart fürgeton und seind also in solcher Kleidung bei Nacht mit Windlichtern in dem Schloss herumbgezogen, bis auf die zehen Uhr. Als sie aber haben angefangen zu mummschanzen und spielen, allda ist ohn Gefahr Graf Eberhardten' Kleidung brinnend worden, zuo Hand seind die andern schnell zuogefahren, haben dareingedappt und zu löschen wöllen, aber von Stunden an haben ihre Kleider auch angefangen zu brinnen; als aber nun die Diener ihrer Herrn alsand brinend gesehen haben, allda seind etlich aus Forcht darvongeflohen, doch etlich ander nach Wasser geloffen, dessen sie doch gar wenig gefunden haben, jedoch einer in Eil' ein Schwankkösse oder Becken mit Wasser erwischt, mit welchem er doch auf dem Saal gefallen ist und das Wasser ohn Nutz verschittet hat, desgleichen hat auch einer ein Kübel voll gebracht, und als er auf den Saal ist gekommen, da ist dem Kübel der Boden ausgebrochen und das Wasser verschitte. Es seind auch alle Wassertrög, so man zu Feurs Not an solchen Orten im Brauch hat, diesmals leer und ohn Wasser befunden worden. Als nun gar kein Leschung oder Hilf verhanden ist gewest, haben die Herren ganz feurig im Schmerzen und Pein jämmerlich geschrien und begehrt, dass man sie erstechen sollt, damit sie des gräulichen Schmerzen abkämen, doch letztlich seind durch die Diener und andere Leut' mit Kleidern und andern Dingen die Flammen an ihnen mit Gewalt erstickt und gedempt worden, und seind nach Ausleschung der Teufelskleider ihre rechte Kleider unversehrt und unverbrunnen gewest, jedoch aber ihr' aller gemelter Leib ist dermaßen verbrannt und beschädigt gewesen, dass Graf Jörig von Tübingen in wenigen Tagen hernach mit Schmerzen gestorben ist, desgleichen auch Graf Eberhardten von Hohenlohe ist ein Schenkel dermaßen verbrunnen, dass er ihm von den Arzten abgenummen worden und für tödlich erkannt. Desgleichen auch zwen Edelleut, Valenthein von Perling und einer von Neudeck, seind auch dermaßen verbrunnen, dass alle Doktores und Arzt' send daran verzagt, zuo heilen. Wieviel sie doch guoter Stuck zu löschen des Brands für die Hand genummen haben, ist es doch alles vergebens gewesen, derhalben auch etliche hohe verständige Medicis geredt haben, dieser Brand sei ein rechter giftiger, höllischer Flamm und unheilbar: Hiebei, ihr Christenleut, betrachtet bei dieser wahrhaftigen, strafbaren Geschicht', was großes Laster und Übel aus der schnöden Trunkenheit entspringt, die doch insonderheit ihren Vorgang und schier ein' Freiheit haben will zuo der Zeit Bachanalia, so auf teutsch Fasnacht genannt wird und ein Fest ist, welches von den Heiden herkumbt, nämlich, dass sie Bachum, den Weingott, damit verehrt haben. Nun sieht man leider, dass wir Christen den Heiden in diesem und dergleichen Lastern, fleißig nachfolgen. Deshalben lasset uns Gott den Allmächtigen fleißig anrufen, dass er uns wölle behieten hie zeitlich und dort ewiglich vor dem höllischen Feur. Amen.

Die verlorenen Akten in Crailsheim

Auf dem Rathause zu Crailsheim war ein Heft Schriften, wovon in einem Rechtsstreit das Wohl eines rechtschaffenen Hauses abhing, auf unerklärbare Weise abhanden gekommen. Der Stadtschreiber, welchem die Sache sehr anlag, suchte deswegen nach dem Hefte den Ratssaal bis Mitternacht durch. Da er es jedoch nicht auffand, rief er unwillig: »Teufel, gib die Schriften her, du hast sie doch in deinen Klauen!« Kaum hatte er diese Worte ausgestoßen, so fiel das Heft von oben herab vor seine Füße nieder; zugleich sprangen die Türflügel auf, der Teufel und hinter ihm die Weiber der zwölf Ratsherren fuhren auf gläsernen Ofengabeln mit Gebraus zum Saal herein und zur anderen Türe wieder hinaus. Vor Schrecken fiel der Stadtschreiber in Ohnmacht, wurde aber von dem Ratsdiener und dessen Frau, welche im untern Stock seinen Fall gehört hatten und heraufgeeilt waren, bald wieder zu sich gebracht. Am andern Tag übergab er die Schriften dem Rate; jedoch ohne die Art ihrer Erlangung und das weiter dabei Geschehene zur Anzeige zu bringen.

Die Gräfin zu Schönenburg

Auf dem Schlosse Schönenburg lebte vor Zeiten Gräfin Adelheid, die Witwe Krafts von Hohenlohe in großer Frömmigkeit. Sie fuhr oftmals durch den unterirdischen Gang, welcher vom Schlosse bis vor das Ansbacher Tor zu Crailsheim ging. Und wenn ihr dabei ein Handschuh oder Fächer aus der Kutsche fiel, so war er im Augenblick, ohne jemandes Zutun, wieder bei ihr. Auch die Flügel des Tores taten sich vor ihr von selbst auf.

An diesem Tor begegnete der Gräfin einst eine Menge Volks, das einen armen Sünder zum Hochgericht begleitete. Sie fragte nach dem Verbrechen des Verurteilten und als sie es erfahren hatte, sagte sie zu ihm: »Dann geschieht dir recht!« Siehe, da fuhren die Torflügel von selbst zu und öffneten sich niemals wieder vor der Gräfin. Und auch der unterirdische Gang fiel ein. Die Gräfin ist bald darauf verstorben und der unterirdische Gang ist bis zum heutigen Tag verschüttet.

Ein mit Wein erbautes Gotteshaus

Im Jahre 1388 fing Landgraf Siegobst von Leichtenberg an, am Kreckelberg bei Crailsheim Wein zu bauen, und da er das Rebgelände fast steuerfrei ließ, so machten's ihm etliche nach und pflanzten auch an den sonnigen Hang des Berges den Rebstock. Da war's nun in den neunziger Jahren, dass ein regnerischer Sommer im Land lag und die Weintrauben am Kreckelberg, die reichlich angesetzt hatten, konnten nicht reifen. Im selbigen Jahr nun hub man zu Crailsheim an, auf dem Markt die Kapelle »Unserer lieben Frauen« zu bauen, und jeder steuerte zu dem frommen Werke bei. Ein Bürger aber kam auf einen seltsamen Gedanken. »Kann man schon den heurigen Wein nicht genießen«, dachte er, »so mag er leicht zu etwas anderem taugen. Ich stifte meinen Kreckelberger zu »Unserer lieben Frauen«, damit der Maurer mit ihm den Mörtel bereite. Denn solch ein Wein zieht nicht nur das Gesicht in Falten, er zieht auch die Steine zusammen und, will's Gott, so hält das Kirchlein tausend Jahr.«

Und im folgenden Frühling, da wieder die Bauzeit begann, fuhren auf den Marktplatz zu Crailsheim etliche Weinkarren auf – und so ist die Liebfrauenkapelle in Crailsheim mit Wein erbauet worden.

Ein Diebstahl und seine Entdeckung

Ums Jahr 1580 ist ein Bürger in Crailsheim, von Geburt ein Sachs, so in Christian Schmids Hause, nahe der Apotheke und dem Seiler wohnhaft war, wegen Diebstahls hingerichtet worden, da er nachts in einem Hause der langen Gasse gestohlen und sein Messer hat liegen lassen, worauf der Bürger, so bestohlen worden, das Messer auf das Rathaus trug und sein Unglück klagte. Man gab sogleich bei den Räten auf dem Rathaus diesen Vorschlag an, man soll das Messer in die Schule tragen und fragen, ob keiner unter ihnen wüsste, wem das Messer, das gefunden worden sei, gehöre. Da es nun des Täters Tochter sah, sprach sie: »Ei, dieses Messer ist meinem Vater seins.« Man schickte das Messer mit dieser Antwort zurück auf das Rathaus, worauf der Bürger, da ihm dies vorgehalten wurde, sich zu dem Diebstahl bekannte. Er wurde daraufhin zum Tode verurteilt und auf dem Köpfwasen zu Crailsheim hingerichtet.

Die Bürgermeisterin von Crailsheim

Das zu Ende gehende 14. Jahrhundert brachte für das Frankenland trübe Zeit. Städte und Ritter befehdeten sich und der Bauer musste die Zeche bezahlen. Das Elend lag in vielerlei Gestalt über den fränkischen Landen, doch schlimme Zeit weckt manchmal einen starken Geist und kühnen Mut. So auch bei den Crailsheimer Bürgerinnen und Bürgern.

Es war im November des Jahres 1379, als von drei Seiten feindliche Horden gegen das Städtchen Crailsheim heranzogen. Die Reichsstädte Hall, Rothenburg und Dinkelsbühl hatten ihre Scharen aufgeboten, um gegen die Herren Gottfried und Ulrich von Hohenlohe, »von großen Unrechts wegen« zu Streit und Fehde auszuziehen. Da das befestigte Crailsheim damals hohenlohisch war und weil es schon in jener Zeit nach dem Worte ging: »Herren sündigen, Bürger büßen«, so wurde die Stadt Crailsheim von den Reichsstädtern berannt. Dieser Ansturm hatte jedoch keinen Erfolg, es wurde darum die Stadt eingeschlossen. Doch der Mut der Belagerten war durch nichts zu dämpfen. Alle Bemühungen der Feinde, die Stadt zu überwältigen, waren umsonst. Tag und Nacht verteidigten sich die Crailsheimer und wenn die Kraft der Männer zu erlahmen drohte, dann traten die Frauen auf den Plan. So zog sich die Belagerung durch fünf lange Wintermonate hin.

Da fassten die Belagerer den Entschluss, die Stadt auszuhungern. Bald wurden die Lebensmittel knapp und die Not der Eingeschlossenen stieg aufs Höchste. Doch schließlich wusste die Bürgermeisterin Rat. Einen recht ungewöhnlichen zwar, aber helf', was helfen mag! Von den letzten Mehlvorräten ließ sie Küchlein backen und sie über die Stadtmauer werfen. Sodann stieg die Bürgermeisterin, die eine recht füllige Person gewesen war, höchstpersönlich auf die Befestigungsanlage und zeigte den Feinden ihr äußerst üppiges nacktes Hinterteil. Da standen den Belagerern Augen und Mäuler offen. Und einer von ihnen meinte, einen solchen Hintern gebe es auch in Friedenszeiten in ganz Hall nicht. Die Feinde verzweifelten daran, die Stadt je aushungern zu können. Es war der Mittwoch vor Estomihi, dem letzten Sonntag vor der Passionszeit, anno 1380, als sie ihre Zelte abbrachen und abzogen. Beim Abzug riefen sie den Bürgern von Crailsheim noch das Schimpfwort »Horaffen« zu. Das war ein Freudentag für die Bewohner der Stadt.

Und noch heutigen Tages wird das Andenken an jene Errettung durch die wackere Bürgermeisterin im »Stadtfeiertag« lebendig erhalten. Da ist Gottesdienst und die Schulkinder erhalten ein mürbes Gebäck, »Horaffen« genannt.

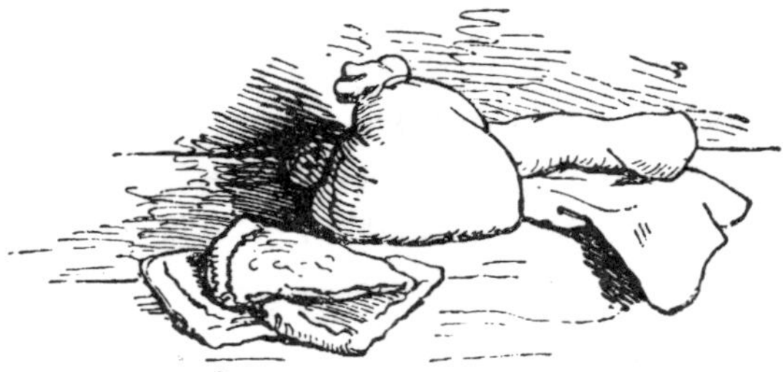

Seltsame und unheimliche Geschehen

Der Schuster und das Gespenst

Im Dreißigjährigen Kriege war Crailsheim vom Feinde verheert und seinen Einwohnern verlassen worden. Unter denjenigen, die später wieder zurückkehrten, befand sich ein armer Schuster mit Frau und Sohn. Ihnen wurde ein Häuslein an der Brücke bei der Armenhäuser Kapelle zugewiesen. In der ersten Zeit spürten die Schusterleute in dem Häuslein nichts Unheimliches. Aber gegen Weihnachten, als der Mann wie gewöhnlich eines Abends allein war, kam ein gespenstiges Männlein in die Stube und setzte sich stillschweigend neben ihn. Es hatte ein gutmütiges, freundliches Gesicht, schneeweiße Haare, trug einen grünen Rock, einen kleinen dreieckigen Hut und unterm Arm ein Barbiersäcklein. Dem Schuster fehlte der Mut, das Männlein anzusprechen. Dieses ließ auch keine Silbe hören und verschwand bei der Heimkehr der Hausfrau. Ebenso erging es bei dessem späteren Erscheinen, nach und nach kam das Männlein so oft, dass es zuletzt nicht allein jeden Abend, sondern auch jede Nacht kam und bis zu Tagesanbruch an des Schusters Bett sitzen blieb.

Endlich offenbarte dieser alles seiner Frau, welche das Gespenst nicht zu sehen vermochte. Sie befragten nun den Pfarrer, der ihnen den Rat gab, die Sache geheim zu halten, vorerst zu beichten und zu kommunizieren. Wenn dann das Gespenst wiederkomme, solle der Schuster es unerschrocken anreden, aber nicht mit »du« oder »er«, sondern mit »man« und auch was es ihn tun heiße, ihm selbst zu erlassen.

Sie folgten diesem Rat. Als am Abend vor Weihnacht das Männlein zu dem Schuster kam und sich neben ihn setzte, sprach dieser: »Was begehrt man?«

Da winkte ihm das Männlein mitzugehen und als er folgte, dünkte es ihm, er werde in einen langen, unbekannten Gang geführt. Hier blieb das Männlein stehen, holte aus seinem Barbiersäcklein eine kleine Hacke, steckte sie an einen Stiel und hielt sie dem Schuster hin mit den Worten: »Man kann scharren!«

Dieser erwiderte: »Man kann selbst scharren!« Worauf das Männlein emsig den Boden aufhackte, bis der Deckel eines großen Kessels zum Vorschein kam. Da sagte es zu dem Schuster: »Man kann abheben!« Der aber entgegnete: »Man kann selbst abheben!« Mit großer Anstrengung hob nun das Männlein den ganzen Kessel aus dem Boden und streckte alsdann, »gratias« sprechend, dem Schuster die Hand hin, worin dieser sein Schnupftuch legte, das augenblicklich zu Pulver verbrannte. Darauf verschwand das Männlein, das erlöst war, der Schuster aber fiel in Ohnmacht.

Seine Frau fand ihn, als sie aus der Spinnstube heimkam, auf dem Boden der Nebenkammer liegend. Es gelang ihr jedoch bald, ihn wieder zu sich zu bringen.

Am nächsten Morgen holten sie den Pfarrer, erzählten ihm alles und öffneten den Kessel, den sie mit alten Gold- und Silbermünzen bis oben angefüllt fanden. Unter denselben war ein Zettel, worauf in griechischer Sprache stand: Das Geld gehöre dem Schuster, welcher zur Erlösung des Männleins bestimmt gewesen. Derslbe werde nur noch sieben Jahre leben und vor seinem Tode dürfe die Sache nicht bekannt werden, sonst komme der Schatz wieder in die Erde und der Schuster müsse dabei so lange umgehen, bis ein gewisses, noch nicht geborenes Kind, das ihn erlösen könne, so alt sei, als er gegenwärtig.

Wegen dieses Verbots hielten sie die Sache geheim, ließen jedoch zur großen Verwunderung der Leute ihr Häuslein vergrößern und verschönern und auch reichlich Almosen an die Armen verteilen. Ihr Sohn, welcher bisher die Schafe gehütet, wurde Geistlicher. Der Schuster lachte in seinem ganzen Leben nicht wieder und starb nach Ablauf der sieben Jahre.

Die Herrgottskirche bei Creglingen

Im Jahre 1384, am Laurentiustage, so erzählt die Sage, wurde an der Stelle, wo jetzt zu Creglingen an der Tauber die Herrgottskirche steht, von einem Bauern eine Hostie aus dem Boden geackert und »sind hernach an dieser Stätte viele wunderliche offenbare Zeichen geschehen«. Aus diesem Grunde erbauten die Grafen zu Hohenlohe-Brauneck, Konrad und Gottfried, zu deren Gebiet Creglingen gehörte, »dem hochwürdigen Sakrament zu Lob und Ehre« eine Kapelle, »zu unserem Herrn Gotte«, später kurzweg Herrgottskirche genannt. Reich begabt mit Ablässen, lockte das Kirchlein viele Wallfahrer herbei und dies namentlich seit dem Ende des 15. Jahrhunderts, da frommer Sinn das Gotteshaus mit einem herrlichen Marienaltar geschmückt hatte.

Außerhalb der Herrgottskirche und an sie angebaut tritt ein hohes achteckiges Türmchen hervor. Sein Altar ist zierlich und durchbrochen und bietet Platz für einen Redner. Von hier aus soll einst der Dominikanermönch Tetzel den zu seinen Füßen am Berghang gegen Münster lagernden Scharen von Gläubigen den Ablass gepredigt haben; und noch jetzt nennt das Volk dieses Türmchen die »Tetzelkanzel«.

Das Innere des Kirchleins birgt eine merkwürdige Reliquie. Es ist dies ein an der Empore befestigtes, aus rohen Balken gezimmertes Kreuz. In diesem stecken 55 Nägel. Mit diesem Kreuze hat es folgende Bewandtnis: Gottfried von Hohenlohe-Brauneck hatte seines Bruders Söhnlein auf der Jagd versehentlich tödlich verwundet. Aus Gram darüber starb die Mutter des Kindes und der Vater ging ins Kloster. Herr Gottfried aber machte, seine Sünde zu büßen, eine Wallfahrt nach Rom. Dort beichtete er und bat um Ablass. Der Papst legte ihm auf, als echter Nachfolger Jesu Christi ein Kreuz auf sich zu nehmen und dieses auf seinen Schultern in die Heimat zu tragen. In 55 Klöstern rastete der Pilgrim auf dem weiten Wege zwischen Rom und Creglingen und in jedem dieser Klöster ließ er, seine Bürde zu mehren, einen starken eisernen Nagel in sein Kreuz schlagen. Nach Jahresfrist kam er in die Heimat zurück. Aber am Marienaltar der Herrgottskirche sank er während der ersten Andacht ermattet zusammen und verschied. Da nahmen die Leute das Bußkreuz und befestigten es an der Empore des Kirchleins, und dort hängt es bis auf den heutigen Tag.

Die Schlüsseljungfer

Im Schloss Tannenburg bei Bühlertann geht ein weißes Fräulein um, die ein großes Bündel Schlüssel am Arm trägt, daher man sie Schlüsseljungfer oder auch Schließerin nennt. Außerhalb des Schlosses zeigt sie sich immer nur auf dem Fußwege, der von Tannenburg herab führt und von dem Wege »Halde« durchschnitten wird. Sie geht schnell an den Leuten vorüber, hat aber noch niemals den Tambach überschritten. Sie ist als Braut gekleidet, hat einen Kranz oder ein Band um den Kopf und wird Kränzlesjungfer, Brautjungfer, Hochzeitmädle oder auch wohl das Fräulein von Tannenburg genannt. – Sie soll eine Liebschaft mit zwei Männern gehabt haben; die bekamen ihretwegen Streit und der eine erstach den andern. Wegen dieser Schuld muss sie umgehen und treibt allerlei Spuk. So hatten sich einmal mehrere Knaben unter einer großen Eiche bei Tannenburg versammelt und wollten probieren, wie es einem sei, der erhängt würde. Nachdem es mehrere Knaben an sich hatten versuchen lassen, hing eben wieder einer, als plötzlich ein dreibeiniger Hase dahergelaufen kam. Darüber erschraken die Kinder dergestalt, dass sie alle davonliefen und ihren Kameraden hängen ließen. Seitdem hieß diese Eiche die »Bubeneiche«. Jetzt ist sie umgehauen. Jener dreibeinige Hase aber war niemand anders, als die Hochzeitjungfer. Einige glauben, diese Hochzeitjungfer sei eigentlich eine andere als die Schlüsseljungfer.

Einkehr des wilden Heeres in Öhringen

In einem Wirtshaus zu Öhringen stiegen eines Abends spät zwölf Reiter ab und bestellten Nachtessen, zuvor aber wollten sie Wein. So viel Flaschen der Wirt jetzt und später brachte, so viele Striche machte einer der Reiter auf die untere Seite der Tischplatte.

Noch ehe das Essen aufgetragen war, rief der Hausknecht den Wirt hinaus und sagte ihm, dass im Stalle statt der Pferde der Reiter Geißböcke ständen und die anderen Pferde darin vor Angst tobten und schwitzten. Als der Wirt die Böcke gesehen hatte, befahl er seinen Leuten, die Reiter und deren Tiere aufs Beste zu bedienen, und er bat die übrigen Gäste, nicht vor den Reitern fortzugehen. Dann ließ der Wirt am Stadttor fragen, ob heute spät abends ein Trupp Reiter hereingekommen sei. Die Antwort war: Mitnichten, wohl aber habe sich in der Luft ein Getrappel und Gerassel wie von einem Haufen Hereinreitender hören lassen.

Zwischen elf und zwölf Uhr waren die Reiter mit dem Essen fertig und verlangten ihre Zeche. Der Wirt machte diese aufs Gewissenhafteste. Worauf der Reiter, der die Striche gemacht hatte, äußerte, dass dieselbe ganz richtig und keine Flasche zu viel angerechnet sei, wie der Wirt an den Strichen sehen könne. Als dieser unter den Tisch blickte, bemerkte er, dass die Reiter allesamt Tierfüße hatten.

Dem Hausknecht wurde nun befohlen, ihre Pferde vorzuführen. Er fand dieselben statt der Böcke im Stall. Doch nachdem sie vor das Haus geführt worden waren, verwandelten sie sich abermals in Böcke. Nach geleisteter Zahlung machten sich die Reiter zur Abreise fertig und fuhren dann, vor Augen aller Anwesenden, einer nach dem andern zu einem offenen Oberfenster hinaus. Zugleich mit jedem schwebte außen dessen Bock an das Fenster hinauf und wurde dort von seinem Herrn bestiegen. Als alle aufgesessen, jagten sie zusammen durch die Lüfte davon, wobei dasselbe Getöse, wie bei ihrem Hereinreiten sich hören ließ.

Das Zauberbuch des Geistlichen

Ein Geistlicher zu Crailsheim hatte in einer gewölbten Stube alte, große Bücher, die mit Ketten an der Decke und den Wänden befestigt waren. Als die Magd einmal allein in der Stube war, machte sie voll Neugier eines der Bücher auf und las eine Stelle daraus. Da wimmelte plötzlich die ganze Stube von weißen Mäusen und die Magd schrie voller Schrecken um Hilfe. Wie der Geistliche sie schreien hörte, eilte er herbei, um zu sehen, was geschehen war.

Als er die Stube voller Mäuse sah, ergriff er schnell das Buch und las dieselbe Stelle von hinten nach vorn. Da verschwanden die Mäuse langsam wieder. Die Magd aber ging nie mehr in diese Stube.

Die Heiligkeit des Feiertags

Am Tage vor Jakobi wurde einst im Jagstgrunde Heu gemacht. Abends beim Einläuten des Feiertags hörten die Leute auf zu arbeiten. Nur ein Bauer schaffte eifrig fort. Als ihn die anderen, besonders sein Knecht davon abmahnten, erwiderte er: »Jokele hin, Jokele her, mein Heu muss heute noch heim!« Er ließ auch seinen Wagen laden und fuhr nebst dem Knecht damit fort. Allein unterwegs überfiel sie ein Gewitter und ein Wolkenbruch, so dass der Mann mit Vieh und Wagen im Wasser zugrunde ging. Dem Knecht gelang es, eine Anhöhe zu gewinnen und so sein Leben zu retten.

Seitdem lässt sich jährlich am Abend vor Jakobi auf dem Platz, wo der Mann ertrunken, ein Rauschen hören, wie von Wasser, worin jemand mit einem bespannten Wagen sich durchzuarbeiten strebt.

Der Löffelstein

Die Brettacher hatten einst Streit mit ihren Nachbarn, den Kochersteinsfeldern, wegen eines Waldes. Da erbot sich ein Brettacher, durch einen Eid zu bekräftigen, dass der Wald von Rechts wegen seinen Landsleuten gehöre. Er kam in den Wald, wo von beiden Orten Schultheiß und Rat versammelt waren, und schwur vor ihnen: »So wahr ein Schöpfer über mir ist, so gewiss stehe ich auf Brettacher Boden.«

Er hatte aber vorher Erde vom Brettacher Feld in seine Schuhe getan und einen Schöpflöffel in seinen Hut. Zur Strafe für seinen frevelhaften Schwur fiel er tot zu Boden. Zur Erinnerung an diese Geschichte aber errichtete man einen Stein an der Stelle, wo sie sich zugetragen hat, und bildete darauf einen Löffel ab. Und bis heute heißt man den Stein den Löffelstein.

Der unterirdische Gang im Kloster Gnadental

Das Zisterzienserinnen-Kloster Gnadental war in alten Zeiten sehr berühmt. Aber mit der Zeit wurden die Klosterfrauen sehr leichtsinnig. Sie hielten rauschende Feste, wobei Tanz und Spiel und Trinkgelage stattfanden. Der Lärm war in den Nächten oft weit zu hören.

Man erzählt sich, dass nicht nur der männliche Adel der Umgegend bei den Klosterfrauen verkehren würde, sondern auch die Mönche des Paulinereremitenklosters Goldbach. Es soll auch einen unterirdischen Gang vom Kloster Gnadental zum Kloster Goldbach gegeben haben.

Als der Graf Hohenlohe-Waldenburg die Reformation einführte, wurde das Kloster aufgehoben.

Der vergrabene Schatz bei der Anhäuser Mauer

In Anhausen war ein stattliches Kloster, von dem nichts mehr erhalten ist, außer einer eigenartigen Mauer, die von der Macht und dem ehemaligen Glanz des Klosters Zeugnis ablegt.

Der Ort ist jedoch nicht geheuer, denn zu gewissen Zeiten spukt es dort. Grund dafür ist der letzte Prior des Klosters Anhausen. Dieser stammte aus einer wohlhabenden Bürgersfamilie Crailsheims. Er war zwar ein hervorragender Verwalter der reichen Klostergüter und ein brillanter Redner, doch war er über seine Leibeigenen ein harter und unbarmherziger Herr. Als die Schirmherren des Klosters, die Ritter von Bebenburg, ihn deshalb zur Rede stellten, brach er einfach die Verbindung zu den Rittern ab. Sein Leben entsprach nicht der klösterlichen Einfachheit. Man sah ihn stets mit einer gefüllten Geldkatze. Er gab rauschende Feste und hielt ausschweifende Zechgelage, wobei nicht nur der Landadel aus der Umgebung Crailsheims vertreten war, sondern auch stets die schöne Priorin des Prämonstratenserinnen-Klosters Bruderhartmannszell. Trotzdem wurde er Ordensprovinzial seines Ordens. Deshalb hatte er im Kloster

Anhausen für seine Dienstreisen einen wohlbestellten Reitstall mit den edelsten Pferden.

In der Reformationszeit war sein Glücksstern am sinken. Im Jahr 1525 erhoben sich die Bauern der Gegend gegen ihren harten Gebieter. Sie plünderten das Kloster und brannten es nieder. Bei der Siegesfeier über das verhasste Kloster, schlachteten sie alles Vieh ab, verschmausten die herrlichen Karpfen des Klosterteiches und tranken den wohlgefüllten Weinkeller leer.

Doch die Interimszeit verschaffte dem Prior neue Macht, allerdings nicht lange. Vor seinem Tod 1532 konnte er noch seine Schätze im Kloster vergraben.

Etwa um 1700 wurde das Kloster abgebrochen. Die Bauern verwendeten die Steine für ihre Zwecke. 1870 wurde dann das Gewölbe der Gruft im Chor der einst so prächtigen Kirche gesprengt, weil man die vergrabenen Schätze des Priors dort vermutete. Doch außer ein paar alten Eisenstücken wurde nichts gefunden.

So ist der Schatz des Priors bis zum heutigen Tag nicht gehoben. Darum muss dieser wegen all seiner Untaten am Ort des Geschehens in bestimmten Nächten umgehen. Sollte der Schatz noch gefunden werden, wird auch der Prior erlöst sein.

Wer nicht dienen will, findet keine Ruhe

Ein Ritter, angesehen und reich, der auch ein Herz für seine Lehensleute hatte, wollte mithelfen, die Kapelle zu Tann zu erweitern. Er war vom Zweig derer, deren Grabmal noch in der Kirche vorhanden ist.

Unentgeltlich stellte er das Bauholz. Die besten, stärksten Stämme sollten Verwendung finden. Die Beifuhr hatten die Bauern zu leisten, wie es der Ritter bestimmt hatte. Alle erklärten sich hierzu bereit. Nur einer der Waldtanner Bauern murrte und war zur Stellung von Mann und Pferden nicht bereit.

Seitdem geschieht es, dass alle hundert Jahre einmal in finsterer, stürmischer Nacht eine Kutsche mit einem Bauern von der Kirche zu Waldtann über das Zollerfeld zum Kirchhölzle, wo das Holz lag, dahinsaust. Die Kutsche ist mit zwei Pferden bespannt, die feurige Schweife haben und unter unheimlicher Begleitung und mit lautem Gekreische durch die Nacht fahren.

Nie wird der Bauer zur Ruhe kommen, aus Strafe dafür, dass er Gott und seinem irdischen Herrn den geringsten Dienst verweigert hatte.

Der Hansjakob im Luckenbach

Eine schwache halbe Stunde von der schönen Stadt Hall entfernt liegt das kleine Dörfchen Raibach. Von dort bringen die Mädchen täglich die Milch zur Stadt und dabei kommen sie unterwegs an einem ziemlich flachen Wiesentälchen vorbei, durch das ein Wässerlein rinnt, das man den Luckenbach nennt. So viel die Milchmädchen auch auf ihrem Weg plaudern und lachen und kreischen und singen, so stockt doch die Unterhaltung, wenn sie im Dunkeln am Luckenbachtal vorbei müssen, und sie gehen schweigend und schnell ihres Weges. Warum das? – Ja, am Luckenbach ist's nicht geheuer. Wer in der Nähe des Luckenbachtals lacht, dem bleibt die Stimme im Halse stecken, und er kommt stockheiser nach Hause; und wer ins Luckenbachtal hinunterguckt, dem bleibt der Kopf genau so stehen, wie er ihn aus Neugier gedreht hat.

Wer das nicht glaubt, der frage des Neubauern Liese, die kann kein lautes Wort mehr reden, seit sie in der Nacht vom Stephansfeiertag am Luckenbach gelacht hat, als sie mit ihrer Freundin, des Fassbauern Rikele, vom Tanz heimging. Und die Kathrine kann auch etwas vom Luckenbach berichten, die hat seit der Silvesternacht einen steifen Hals, weil sie ins Luckenbachtal nach rückwärts sah; denn sie hatte gemeint, es komme jemand hinter ihr drein.

Der Herr Pfarrer und der Herr Doktor lassen allerdings die Behauptungen der Mädchen nicht gelten und sagen, ihre Krankheiten seien nur dadurch entstanden, dass sie erhitzt am Luckenbachtal vorbeigekommen seien und sich dort erkältet hätten, weil aus dem Tälchen immer ein scharfer Luftzug herauswehe.

Aber was wissen die studierten Herren vom Hansjakob im Luckenbach? Da muss man die Eingesessenen des Ortes fragen, die wissen es besser. Und von den Bauersleuten weiß jeder, dass die beiden Mädchen einfach vom Hansjakob für ihre Naseweisheit bestraft worden waren, und jeder sagt: »Es geschieht ihnen ganz recht, warum lassen sie sich nichts sagen. Der Hansjakob im Luckenbach lässt nicht mit sich spaßen.«

Also, der Hansjakob haust schon seit Menschengedenken im Luckenbach und treibt dort auch heute noch sein Unwesen, und wer sich nicht vor ihm in Acht nimmt, der hat es sich selbst zuzuschreiben, wenn er Schaden leiden muss.

Der Hansjakob war zu seinen Lebzeiten ein Schafknecht. Weil er gerne einen Schoppen über den Durst trank und auch mit Vergnügen den vornehmen Herrn spielte, langte ihm sein bescheidener Lohn natürlich nicht. Darum verkaufte er seinem Herrn hintenherum ein Schaf um das andere und tat in den Schenken groß mit dem unehrlich erlangten Geld. Als ihm sein Herr endlich hinter die Schliche kam, zählte er mit dem Knechte zur Prüfung die Schafe seiner Herde. Aber der Jakob brachte dabei immer eine höhere Zahl heraus als der Schafhalter und behauptete, dass sein Herr sich irre, und verschwor sich bei Ehr' und Seligkeit, dass seine Zahl der Schafe richtig sei. Da wurde der Herr zornig, dass ihn der Knecht so gar nichts gelten ließ, und er sagte: »Ei, so zähle Schafe bis zum Jüngsten Tag und bis die Rechnung stimmt, wenn du so gut zählen kannst.« »Gewiss, ich zähle, bis es stimmt!«, schrie der trotzige Knecht in gemachter Entrüstung so laut, dass es im Luckenbachtale widerhallte: »Zähle, bis es stimmt!«

Verdutzt über diesen Befehl, schaute der Hansjakob um sich. Da sah er seinen Herrn dem Dorfe zuschreiten, die Schafe aber waren verschwunden. Sie prangten als schneeweiße Wolken in einer Herde droben am blauen Himmelszelt. Und Hansjakob kam die Lust an, zu erkunden, wie viel Schäfchen dort oben am Himmel seien, und er zählte sie; aber wenn er mit Zählen fertig war, traute er seiner Sache nicht und zählte noch einmal und da brachte er eine andere Zahl heraus. Und so oft er auch zählte, jedes Mal war das Ergebnis ein anderes. Aber in seinem Eigensinn sagte er: »Ich zähle, bis es stimmt.« Und so sitzt der Hansjakob heute noch im Luckenbach und zählt die Himmelsschäfchen. Wenn ihn aber einer bei diesem Geschäft durch Lachen oder Schreien stört oder

ihm dabei zugucken will, so straft er ihn dermaßen, dass er lange an ihn denkt.
In mondhellen Nächten jedoch, wenn keine Wolken am Himmel sind, so dass der Hansjakob nichts zu zählen hat, da macht er sich am Wasser zu schaffen, indem er mit einer langen Stange im Bache herumstöbert. Dies tut er, um nach den Goldstücken zu suchen, die er im Wurzelwerk der Erlen, die da und dort am Bache stehen, versteckt hat. Wer ihn bei diesem Geschäfte sieht und ihm dreimal nachspringt, wenn er sich über den Bach schwingt, der hat den ruhelosen Geist erlöst und erntet seine Goldgulden, so dass er sein Lebtag ein reicher Mann ist.

Mancher verwegene Bauernbub ist schon bei Mondschein an den Luckenbach gegangen, um das Erlösungswerk zu probieren und reich zu werden, aber das Wagnis ist noch jedem fehlgeschlagen; denn wohl ist es manchem einmal oder auch zweimal gelungen, sich hinter dem Hansjakob über den Bach hinüberzuschwingen, beim nächsten Mal jedoch glückte es keinem. Und das kam so: Beim dritten Mal setzte sich der tückische Geist dem springenden Burschen unversehens auf den Rücken, da plumpste dieser unter der schweren Last in das Wasser und hatte Mühe, sich vor dem Ertrinken zu retten. Meiers Christian, der den Sprung über den Bach auch probiert haben soll, sei, wie meine Großmutter sagte, lang am Fieber krank gelegen, weil ihn der Hansjakob so arg ins Wasser getunkt habe.

Obwohl des Neubauern Knecht, der lange Michel, diese Mären alle gehört hatte, ging er doch in einer sternklaren Nacht hinaus zum Luckenbach. Warum? Ach, er wäre eben gar zu gern reich gewesen und mit seinem Besitz von drei Leer und vier Nichts konnte er es doch nicht wagen, der stolzen Annemarie, auf die er ein Auge geworfen hatte, von Liebe und Heirat zu sprechen. Also suchte er in seiner Not sein Glück beim Hansjakob im Luckenbach.

So um Mitternacht kam er an das Wässerlein. Und als von fernher der Klang der Turmuhr erschallte, da sah er plötzlich vor sich eine schwarze Riesengestalt mit einer himmellangen Schäferschippe. Da wurde ihm klar, dass der Hansjakob vor ihm stand. Dieser sprach kein Wort. Er steckte nur seinen langen Stab in das Wasser und schwang sich in hohem Bogen über den Bach. Michel, nicht faul, zog eine lange Stange aus dem Boden des nahen Hopfengartens und sagte: »Hansjakobele, kommst du hinüber, komme ich auch hinüber«, steckte die Stange in den Grund des Wassers und machte den Schwung mit solchem Geschick, dass er neben dem Hansjakob wohlbehalten auf den Boden kam. Sofort schwang sich nun dieser wieder auf die andere Seite des Baches und Michel tat's ihm wieder nach und zwar mit dem gleichen Geschick wie das erste Mal.

Als Hansjakob dies sah, schwang er sich sofort mit einem dritten Schwung wieder über den Bach hinüber. Michel machte es ihm zum dritten Male nach, aber in seiner Schlauheit ein wenig anders als bei den beiden ersten Schwüngen. Um zu verhindern, dass sich der böse Geist ihm auf den Rücken setze, drehte er sich rasch um und schwang sich verkehrt über das Wasser. Da musste Hansjakob am Bachrand stehen bleiben und als Michel neben ihm landete, blickte er ihn mit verwunderten Augen an und rief ihm zu: »Ei, du verkehrter Michel, du bist gescheiter als du aussiehst; du hast das Erlösungswerk vollbracht und der Lohn soll dir dafür werden; weil du aber verkehrt über den Bach gesprungen bist, wird dir in diesem Jahr alles, was du unternimmst, verkehrt gehen; aber es wird dein Segen sein.« Mit diesen Worten überreichte Hansjakob dem staunenden Michel einen strotzenden Beutel mit Goldstücken und sagte: »Nimm den Schatz, der meiner Seele so viel Unruhe machte, und kaufe Schafe dafür und zähle sie besser als ich.« Dann reichte er dem Michel noch ein kleines Pfeiflein und sagte: »Dieses Pfeiflein trage immer bei dir; und wenn du in Not kommst, so pfeife damit, dann wird dir Hilfe werden.« Michel nahm das Pfeifchen in Empfang, Hansjakob aber verschwand und da ihn Michel nicht mehr sah, ging er Raibach zu, während auf dem Bibersfelder Kirchenturm die Glocke ein Uhr schlug.

Als er nach kurzem Marsch auf den Schafhof kam, da konnte er den Weg zu seiner Schlafkammer nicht finden; denn alle Türen des Wohnhauses waren geschlossen und er hatte keinen Schlüssel. »Tut nichts«, murmelte Michel und trottete zum Stall, um dort im Stroh zu übernachten. Aber kaum hatte er sich ein Lager zurechtgemacht und sich zum Schlafe niedergelegt, als er ein Getuschel vernahm. Er horchte und vernahm die Worte: »So, hereingekommen wären wir unbemerkt. Jetzt schnell! Du nimmst den Braunen und ich den Rappen, und dann zur Hintertür hinaus und aufgesessen und im Galopp über das Feld.« Aber da fuhr der Michel wie ein Blitz in die Höhe und schrie: »Bauer, heraus! Diebe! Diebe!« und er versperrte den beiden Bösewichten den Ausgang. Das passte diesen wenig und sie fielen über ihn her und bearbeiteten ihn mit den Fäusten und einer zog schon das Messer und hätte ihm sicher den Garaus gemacht, wenn ihm nicht noch rechtzeitig des Hansjakob Pfeiflein eingefallen wäre. Das nahm er schnell aus der Westentasche und ließ es klingen. Kaum erklang es, so ging die vordere Stalltüre auf und Satan sprang herein, der bissige Hofhund, und biss den einen Dieb in die Wade und dem andern fuhr er an die Gurgel. Da fasste die beiden Kerle der große Schrecken und als auch noch der durch den schrillen Pfiff geweckte Schafbauer in den Stall gesprungen kam, wurden die Missetäter von ihm und Michel überwältigt, gebunden und am andern Tag dem Landjäger übergeben, der sie ins Gefängnis führte.

Michel aber hatte begreiflicherweise von diesem Augenblick an beim Schafbauern einen gewaltigen Stein im Brett und dieser behandelte ihn mehr als Sohn denn als Knecht. Trotzdem wollte Michel seinen Dienst verlassen, denn er war ja durch Hansjakobs Gold ein reicher Mann geworden. Aber so oft er auch mit dem Bauern sprechen wollte, um ihm seine Absicht kundzutun, er kam nicht dazu, das eine Mal fand er den Bauern nicht allein, wenn er ins Zimmer trat, das andere Mal fehlte dem Michel der Mut, seine Kündigung vorzubringen. Auch als Michel am Sonntag zum Steigenbauern ging, um mit ihm um seinen Hof zu handeln, der feil war, klappte die Sache nicht, denn der Händler war vor ihm da gewesen und hatte den Kauf abgeschlossen. Da wollte er zum Händler gehen, um den Hof von ihm zu kaufen, aber er kam nicht dazu: Am Werktag hatte er keine Zeit und am Sonntag kam, als er gerade zum Hause hinaus wollte, ein solcher Platzregen, dass ihm die Lust verging, nach der Stadt zu wandern, und am Sonntag darauf, da kam sein Freund zu Besuch, mit dem musste er selbstverständlich einen Schoppen trinken, und am nächsten Sonntag war wieder etwas los und am folgenden hatte er keine Lust.

Und so ging mittlerweile der Sommer herum und die Kirchweih rückte heran. Auf diese freute sich Alt und Jung, die einen wegen des Kuchens, die andern wegen des Karussells und noch andere wegen des Kirchweihtanzes. Zu diesen gehörte der Michel. Er wollte am Kirchweihmontag die Annemarie zum Tanze führen und schlich sich daher am Samstag vor dem Feste, als es anfing zu dämmern, zu ihrem Haus und klopfte ans Küchenfenster. Sie kam wohl zu ihm heraus, aber als er sein Anliegen vorbrachte, lachte sie ihn aus und sagte: »Du kommst zu spät. Ich geh' mit dem Riedbauern Jakob.« »Gut«, dachte Michel, »auch so recht«. Er verabschiedete sich rasch und schritt den Krautgärten zu, um hinter dem Dorf herum, am Bach entlang zur schwarzen Kätter zu gehen, die auch ein sauberes Frauenzimmer war und gut tanzen konnte. Aber der Bach war ausgetreten und hatte den Fußweg überschwemmt. Da musste der Michel wohl oder übel umkehren und er ging verdrossen den Weg ins Dorf zurück. Wie er aber so in Gedanken um die Ecke des ersten Hauses bog, stolperte er beinahe auf ein Mädchen hinauf. Das wich ihm lachend aus und sagte: »Wie, Michel, nimm nur nicht alles mit!« – Da sagte der Michel: »Nein, alles will ich nicht mitnehmen, aber dich, Lies, möchte ich mitnehmen, und zwar am Kirchweihmontag zum Tanz im Hirsch in Bibersfeld«. Und er wunderte sich selbst über seine Keckheit, denn das Mädchen war niemand anderes als seines Dienstherrn Tochter, die blonde Liese, zu der er seither gar nicht gewagt hatte, seine Augen zu erheben. Die Lies aber nahm seine Einladung gerne an und Michel begleitete sie zu ihrer Base, zu der sie auf dem Wege war, und am Kirchweihmontag tanzte er mit ihr und da sie ihm ein immer freundlicheres Gesicht machte, je länger er mit ihr zusammen war, wurde er immer zutraulicher und kecker und warb um ihre Liebe. Da ward sie sein Weib und er war glücklich mit ihr und kaufte sich Äcker zu seinem Hofe und viele, viele Schafe, dass er sie kaum zählen konnte.

Die stolze Annemarie aber, die ihn einst so schnöd hatte abfahren lassen, die wurde mit der Zeit eine böse Sieben, die ihrem Manne, dem Jakob, das Leben sauer machte. Und so oft Michel etwas von ihr hörte, dachte er: »Es ist doch gut, dass es damals anders ging, als ich wollte; der Hansjakob hat Recht gehabt: Alles ist verkehrt gegangen, aber schließlich zu meinem Glück ausgeschlagen.«

Darum soll keiner brummen, wenn ihm nicht gleich von vornherein alles nach Wunsch geht, vielleicht ist es gerade sein Glück, wenn die Sache sich anders gestaltet, als er gedacht hat.

Die Wasserfräulein bei Mergentheim

Im oberen Tal gegen Lichtal, auf der rechten Seite des Waldsaumes, befindet sich ein kesselförmiger, tiefer Brunnen, der Frälesbrunnen genannt. Allabendlich stiegen aus demselben einige Wasserfräulein heraus, um den Vorsitz (Spinnstube) im letzten Hause des Ortes, dem »Wolfenhause«, beizuwohnen. Sie sangen, spielten und tanzten mit den Buben und Mädchen und waren stets guter Dinge. Gegen elf Uhr gingen sie alle pünktlich nach Hause. Einmal – es war eine größere Gesellschaft beisammen – dauerte der Vorsitz länger als gewöhnlich und die Wasserfräulein vergaßen bei der heiteren Unterhaltung ganz die Zeit, die ihnen zu ihrer Heimkehr vorgeschrieben war. Rasch brachen sie, dieses plötzlich gewahrend, auf, klagten und jammerten und sprachen die Befürchtung aus, dass ihnen schweres Unheil zustoßen und sie wohl niemals mehr kommen würden. Teilnehmend begleiteten sie sämtliche Anwesende. Bei dem bewegten Abschied äußerten die Wasserfräulein noch, dass, wenn nach ihrem Untertauchen im Brunnen das Wasser seine gewöhnliche Farbe behalte, alles gut gegangen sei, wenn es sich

aber blutig färbe, sie schweres Unglück betroffen und sie nie, nie mehr kämen. Die Fräulein tauchten unter und erwartungsvoll standen die andern da. Plötzlich wallte blutig gefärbtes Wasser auf. Betrübt gingen die Leute nach Hause – und nie mehr hat man noch etwas von den Wasserfräulein gesehen und gehört.

Der goldene Flachs

Am Heiligen Abend, als tiefer Schnee lag, ging einmal ein Mann aus Hohenlohe auf einem Fußweg dem Dorfe zu. Als er in die Nähe der Häuser kam, sah er eine schöne junge Frau, die wie eine der dortigen Bäuerinnen gekleidet war und einen breitrandigen Sommerhut trug, die Wiese auf und ab gehen und mit einem Rechen den ausgebreiteten Flachs umwenden. »Nun, Jungfer, tut sich's so?«, rief er ihr zu und nahm eine Hand voll Flachs vom Boden auf. Sie gab ihm keine Antwort, schaute ihn nur mit ihren großen blauen Augen an und schlug ihn mit dem Rechenstiel halb ernst, halb scherzhaft auf die Hand. Der Mann steckte das kleine Flachsbündel in die Rocktasche und ging seines Weges weiter.

Als seine Frau ihm am Abend eine kleine Weihnachtsgabe überreichte, erinnerte er sich wieder an die Flachswenderin. »Da schau«, sagte er und griff in seine Tasche. »Ich hab dir auch etwas mitgebracht«. Und siehe da – die Flachshalme waren in blankes Gold verwandelt! Eilig lief er hinaus auf den Platz, wo er die schöne Fremde bei der Arbeit angetroffen hatte. Da waren wohl seine eigenen Fußstapfen, die er hinterlassen, noch deutlich im Schnee zu sehen, doch weder von der Jungfrau noch von dem goldenen Flachs war mehr eine Spur zu entdecken.

Der Ungeheuerbrunnen

Zwischen Hessental und Steinbach am Kocher liegt im Wiesengrund der Ungeheuerbrunnen. Es ist eine Quelle, die nie versiegt, und sie ist so tief, dass sie kein Mensch ausmessen kann, denn sie geht bis auf Meeresgrund. Darin haben vor Zeiten Meerfräulein gewohnt. Die waren gar freundlich und zutraulich und taten den Leuten viel Gutes. Kamen die Hessentaler Mädchen des Morgens zum Mähen, so war das Gras von den Meerfräulein schon geschnitten. Auch kamen sie gerne in die Spinnstuben und spielten, scherzten und sangen mit. Aber, wenn es Mitternacht schlug, mussten sie gehen. Eines Abends richtete ein Bursche die Uhr im Karz zurück. Als es in Comburg zwölf Uhr schlug, eilten sie schleunigst davon und sagten im Scheiden: »Jetzt müssen wir ewig auf dem Grund des Meeres verbannt bleiben.« Niemand hat seitdem je ein Meerfräulein mit einem Auge gesehen.

Der gründische Brunnen

Im Speltachtälchen hinter Crailsheim liegt mitten im einsamen Wald der gründische Brunnen. Von ihm heißt es, dass noch niemals eines Menschen Auge auf seinen Grund gedrungen sei und dass nichts in seine unterste Tiefe fallen könne, was man auch hineinwerfe, und wäre es noch so schwer. Als einmal ein Müllerknecht mitsamt seinem Wagen vom Weg abgekommen und hineingeraten sei, da trug die Quelle den Leichnam wieder an die Oberfläche. An manchen Tagen im Jahr aber sehen besonders Begnadete tiefer in seine Wasser hinein; die sehen es dann vom Grund herauf leuchten wie Gold und Edelstein.

Auch weiß jedermann, dass unten im gründischen Brunnen Wasserfrauen leben. Heute sind sie getrennt von Menschen und Welt. Das war einst anders. Da stiegen sie oft aus ihrer Tiefe und kamen zu den Menschen in die Häuser und freuten sich an ihrem Tun und Treiben, auch weissagten sie ihnen oft die Zukunft. So hatten sie es den Gründelhardtern schon lange vor der Reformation vorausgesagt, dass einst Männer auftreten werden, die Messopfer und Ohrenbeichte abschaffen werden. In die Banzenmühle kamen sie oft zur Lichtstube. Aber einmal verspäteten sie sich und waren vor dem ersten Hahnenschrei nicht wieder im Brunnen, wie sie hätten sollen. Seitdem dürfen sie zur Strafe nicht mehr in der Menschen Wohnungen kommen. Auch ändert seit der Zeit der Brunnen seinen Ort. Heute ist er schon an der dritten Stelle.

Die Brechhöldere

In Bühlertann, Sontheim und der ganzen Umgebung drohte man unartigen Kindern damit, dass man zu ihnen sagte: »Sei still oder die Brechhöldere kommt und nimmt dich mit.«

Die Brechhöldere ist eine wilde, wüste Gestalt. Oft zieht sie auch mit der wilden Jagd mit. Am häufigsten erscheint sie in der Adventszeit und in den Raunächten. In dieser Zeit hat einmal eine Frau ihr ungezogenes Kind aus dem Fenster gehalten und gerufen: »Brechhöldere, komm und nimm den bösen Buben mit!« Da tobte plötzlich ein Sturm heran, wie man ihn seit Menschengedenken nicht erlebt hatte, riss ihr den Buben aus der Hand und führte ihn mit sich. Der Bube wurde nie wieder gesehen.

Die entführte Magd

In einem Dorf bei Künzelsau dienten auf einem Hof zwei Mägde. Es war an einem Abend der Raunächte, die beiden waren schon in ihre Kammer gegangen und die eine hatte sich schon zu Bett gelegt. Da hörte man, wie plötzlich die wilde Jagd über das Dorf tobte. Auf einmal erklang das Horn des wilden Jägers und die Musik war so schön, dass die andere Magd, die schon ihre Schürze und ihr Mieder abgelegt hatte, das Fenster öffnete und hinausrief: »Hätt' ich mein Mieder und meine Schürze an, so ginge ich mit euch.« Da flogen plötzlich zwei wilde Gestalten durch das Fenster, die eine band ihr die Schürze um, die andere zog ihr das Mieder an, fassten sie bei den Armen und flogen mit ihr zum Fenster hinaus. Niemand hat die Magd je wieder gesehen.

Der dreibeinige Hase

Im Hirschbachtal bei Tiefensall spielten einst drei Knaben miteinander. Im Scherz wurde einer von ihnen zum Tode verurteilt. Eben wurde ihm die Schnur um den Hals gelegt, dass er an einem Bäumchen für einen kurzen Augenblick baumeln sollte. Da kam unversehens ein dreibeiniger Hase dahergehumpelt. Die beiden Knaben erschraken darüber so sehr, dass sie in ihrer Angst schleunigst davonliefen und nicht mehr daran dachten, den dritten zu befreien. Dieser starb so elendiglich. Nun wollten sie den Hasen fangen und rannten ihm nach, stundenlang, aber ohne ihn zu erwischen. Und rannten so lang, bis sie schließlich vor Erschöpfung tot umsanken, der eine bei Orendelsall, der andere bei Hemersberg. An den drei Orten, an denen die drei Knaben gestorben sind, wurden zum Gedächtnis Steinkreuze errichtet, die noch heute zu sehen sind.

Die weiße Frau in Rot am See

Im alten Kameralamtsgebäude in Rot am See ging lange Zeit eine weiße Frau um. Sie erschien zu gewissen Zeiten dem Gesinde, besonders dem Stubenmädchen. Am liebsten hielt sie sich in der Kammer neben der Waschküche auf. Nicht nur einmal schaute die weiße Frau dem Kammermädchen über die Schulter, wenn sie wusch, nähte oder in einem Buch las. Manchmal war sie unsichtbar; aber das Mädchen spürte doch ihren Hauch im Gesicht. Oft kam sie in der Schlafkammer übers Bett und griff mit eiskalter Hand nach den Füßen des Mädchens. Das Aufräumen und Ordnunghalten machten ihr besonders Freude. Wenn das Stubenmädchen den Kleiderkasten in Ordnung bringen wollte, war schon alles besorgt und schön am Platz. Nur ein Zitzkleid (Kattunkleid), falls es einmal in der linken Hälfte des Kastens hing, wurde von der weißen Frau alsbald auf der rechten Seite eingehängt. Eines Tages vernahm das Mädchen, als es gerade beim Waschen war, einen fürchterlichen Knall und darauf ein klägliches Wimmern und Stöhnen – und von Stund an erschien die weiße Frau nie wieder.

Die Klopferla im Mergentheimer Spitalkeller

Sooft ein gutes Weinjahr bevorsteht, erscheint in der Adventszeit der alte Küfer im Mergentheimer Spitalkeller. Er klopft an die Fässer, richtet sie her und rollt sie auf der Straße hinauf bis zum Marktbrunnen. Man kennt ihn in der Stadt schon so gut, dass man auf ihn wartete, wenn man auf ein gutes Weinjahr hofft. Im Advent 1841 sah ihn die Magd des Spitalpflegers, wie er in einem braunen Frack und roter Weste, kurzen schwarzen Hosen, weißen Strümpfen und Schnallenschuhen im Keller hantierte.

Alte Leute wissen aber noch von zwei »Klopferla« die im Spitalkeller existieren sollen, von einem grauen und einem schwarzen. Im Advent lassen sie sich hören, gleich abends nach der Betglocke. Sie schlagen auf die Fässer mit silbernen Hämmerlein. Sie sollen nicht bloß ein gutes Weinjahr anklopfen, sondern auch deswegen, weil in der Spitalkirche keine heilige

Messe mehr gelesen wird. Die Klopfer, die man auch schon in der Karwoche hörte, sind boshaft, werfen Gemüse in Schüsseln und Teller im Keller um.

Der Hase von Tüngental

Der Graf von der Limpurg bei Schwäbisch Hall war einmal in der Gegend von Tüngental auf Hasenjagd. Da flüchtete sich ein Hase, den die Hunde verfolgten, in den Chor der Dorfkirche und klammerte sich an das Bild der heiligen Jungfrau. Sogleich ließ die wilde Meute von ihm ab und als der Herr dies sah, ließ er den Hasen ins Freie tragen und sagte ihm: »Du hast in diesem Gotteshaus Schutz gesucht. Meine Hunde haben ihn dir ge-

währt, so will auch ich dich an deiner Freiheit nicht hindern, lieber Has; lauf hin in Frieden!« Darauf ließ er den Hasen los und der setzte munter davon, ohne von den Hunden weiter verfolgt zu werden. Das wunderbare Ereignis sprach sich bald unter den Leuten herum und viele kamen von da an zu der wohltätigen Maria im Tüngentaler Kirchlein gewallfahrtet.

Die Glocken von Tiefenbach

Auf der Eulenburg im Jagsttal unterhalb Crailsheim wohnten einst die drei Fräulein von Roten. Sie waren schon alle bei Jahren und lebten in ihrer Einsamkeit nur für Gott und die heilige Jungfrau. Jeden Tag, und manchmal auch zu nachtschlafender Zeit, wanderten sie zu der eine Stunde entfernten Kapelle im Wirschartwald. Einmal waren sie zur Weihnachtszeit um Mitternacht auf dem Heimweg. Da erhob sich mit einem Mal von drüben aus den Wäldern bei Eckartshausen und Rüddern ein solches Brausen und Toben und Wüten in den Lüften, als ob alle bösen Geister losgelassen wären. Die drei alten Fräulein von Roten zitterten vor Angst und wollten zurück, um in dem Kapellchen Schutz zu suchen. Sie konnten's aber nicht finden und gingen stundenlang irre. Da gelobten sie, ihr ganzes Hab und Gut Gott zu weihen, falls er sie gesund wieder auf ihre Burg zurückkehren lasse. Und siehe da, alsbald ließ das Toben und Wüten in den Lüften nach, der Mond brach durch die Wolken und gab ihnen Licht auf den Weg, so dass sie wohlbehalten daheim ankamen. Getreu ihrem Gelöbnis verschrieben die drei Fräulein die Eulenburg samt allem, was an Grund und Boden dazugehörte, der Gemeinde Tiefenbach unter der einzigen Bedingung, dass jedes Jahr in der Zeit der zwölf Nächte drei Glocken zu Tiefenbach geläutet werden sollten, damit sie allen Verirrten Wegweiser seien in Not.

So wurde es auch gehalten mehrere Jahrhunderte lang. Die Fräulein von Roten zogen sich in das Kloster Mistlau bei Kirchberg zurück und als die letzte der Schwestern zu Grabe getragen wurde, da läuteten sie auch, die drei Glocken von Tiefenbach, ohne dass diesmal eine menschliche Hand den Strang gezogen hätte.

Die Glocke von Bernhardsweiler

In das Kirchlein zu Bernhardsweiler stiftete vor Zeiten eine Gräfin eine Glocke, die viel Silber enthielt, und nannte sie nach ihrem Namen: Anne Susanne. Im Schwedenkrieg hängte man die Glocke ab und vergrub sie im Walde.

Erst nach etwa hundert Jahren wurde sie von Wildschweinen aus dem Boden gewühlt und bald darauf von Leuten gefunden. Da niemand wusste, wohin sie gehörte, so hängte man sie in den Kirchturm des benachbarten Dorfes. So oft sie geläutet werden sollte, ließ sie nur ein schwaches Getön hören, welches lautete:

»Anne Susanne,
Zu Bernhardsweiler an der Stange
Will ich hangen!«

Nachdem man diese Worte verstanden, brachte man die Glocke in das Kirchlein zu Bernhardsweiler, wo sie, gleich beim ersten Läuten, ihren schönen, kräftigen Klang wiederhatte.

Die Waldtanner Glocken-Sage

Es war einmal, als unsre Heimat teilweise noch von undurchdringlichen Wäldern bedeckt war, zu den wihen nachten«, zur Zeit der zwölf Nächte, »dass ein Edelfräulen von einem jetzt abgegangenen Edelsitz (Schloss) fort gegangen ist, um den eigenen Gedanken nachzuhängen.

Sachte senkten sich die Fittiche der Nacht hernieder. Das dunkle Grau hielt Baum und Strauch fest umschlungen.

Da, welch ein Schreck! Sie hatte sich verirrt.

Kein Stern am Himmel, keine tröstende Stimme weit und breit, nur heisere Schreie der lichtscheuen Kreatur drangen an ihr Ohr. – Die weißen Hände falteten sich zum Gebet.

Plötzlich, wie getragen auf Engelsflügeln, schwang sich von der Siedlung im Tann, vom Turm im Tal herauf, ein silberheller Glockenton mitten in ihr Verlassensein.

Diesem Ruf folgte sie. So wurde ihr Gebet erhört und sie konnte heimfinden durch den Glockenruf.

Aus Dankbarkeit ließ sie ein Glöcklein gießen und im Turme der Kapelle aufhängen, damit es den Verirrten ein Wegweiser auf den rechten Weg sei.«

Friedrich Hippelein brachte diese Glockensage in Verbindung mit Rappetsholz, wo ein abgegangenes Schloss gewesen sein soll und man Mauersteine und Münzen gefunden haben soll.

Vielleicht bezieht sich die Sage auf die älteste, uns bekannte Waldtanner Glocke: »ihesus nazarenus rex judorum Bernhart Lachaman gos mich 1482.«

Diese Glocke bekam Risse, musste umgeschmolzen werden und kehrte nicht mehr aus dem Ersten Weltkrieg zurück.

Der Bau von Sankt Wendel bei Dörzbach

In Dörzbach lebte vor Zeiten ein Schäfer, der fand einst, als er die Schafe im Jagsttal weidete, auf einem Felsen im Fluss einen Schatz. Er beschloss, diesen zu Ehren Gottes zu verwenden und an der Stelle, wo er den Schatz gefunden hatte, eine Kapelle zu bauen. Holz und Steine wurden herbeigeschafft, auch der Boden ausgehoben für das Fundament, aber da verschwanden in der folgenden Nacht Holz und Steine und lagen unten am Fuße des Felsens, am Eingang einer Höhle. Und obwohl man am folgenden Morgen alles wieder an den alten Platz brachte, lagen Holz und Steine nach der Nacht doch wieder unten. Da erkannte der Schäfer einen höheren Willen und ließ die Kapelle am Fuße des Felsens erbauen. Der Bau ging so gut vonstatten, dass kein Maurer müde wurde. Als der Bau fertig war, brachte der Schäfer ein geschnitztes Bild des heiligen Wendelin und stellte es auf den Altar. »Diese Kapelle«, so sagte er dabei, »soll dem Schutzpatron der Schäfer, dem heiligen Wendelin geweiht sein.«

Als er später in die Jahre kam, wo es ihm immer schwerer fiel, seine Herden zu weiden, erbaute er sich ein Häuschen neben der Kapelle und läutete fortan das Glöcklein abends und morgens zur Andacht bis zu seinem Tode.

Nach langen Jahren wollten die Leute von Dörzbach das Glöcklein auf ihren Kirchturm holen. Als man es zum ersten Male läutete, da gab es einen schrillen Klang von sich und schwieg: Es war zersprungen.

Der Froschzauber von Rechenberg

Im waldigen Gelände zwischen Crailsheim und Ellwangen liegt gar lieblich das Dorf Rechenberg. Hoch thront es mit seinem stattlichen Schloss und drunten leuchtet das klare Auge eines lieblichen Sees auf. Dort unten, am Ufer des Sees, stand einst in alten Zeiten die Kapelle zum heiligen Kreuz. Hier betete man die Vesper. Aber der See war bevölkert von einer Unzahl von Fröschen und die quakten dermaßen, dass die Geistlichen nimmer beten konnten. Da beschwor einer von ihnen die Frösche und fortan war Ruhe. Seitdem lassen sich im See zu Rechenberg keine Frösche mehr hören, während im nahen Schwindelweiher alles zusammenquakt.

Umgehender Amtmann

Ein Amtmann zu Crailsheim, welcher im Dienst die Armen sehr gedrückt hatte, musste nach seinem Tode alle Nacht im Amthaus umgehen. Er machte viel Lärm und erschien öfters seiner Frau, die ihn, als er noch gelebt, vergebens von seiner Härte abgemahnt hatte. Endlich ließ sie einen Schornsteinfeger kommen, welcher, während alle anderen Leute das Haus verlassen hatten, den Geist in einen Sack beschwor. Beim Hineinschlupfen sagte derselbe, dass er wiederkomme, wenn man ihm kein Bett mitgebe, und das nämlich wiederholte er, als er an dem Platz, wo ihn der Schornsteinfeger hingetragen, aus dem Sack gelassen wurde. Dieser Platz war eine Vertiefung an der Waldspitze beim Galgenberg, nächst einem Kreuzwege. Der Geist blieb aber nicht da, sondern kam richtig wieder ins Amthaus und spukte darin wie zuvor. Die Frau ließ ihn nochmals durch den Schornsteinfeger an den vorigen Ort tragen und ihm daselbst ein Bett hinlegen. Sie hatte dann Ruhe vor ihm.

Einige Zeit nachher kam ein Bauer von Rudolfsberg zur Waldspitze und als er das Bett und niemand dabei sah, lud er es auf seinen Wagen. Dieser wurde den Pferden so schwer, dass sie nur mit der größten Anstrengung ihn nach Hause brachten. Dort tat der Bauer das Bett in eine Kammer, hiermit aber auch den Amtmann, der unsichtbar darauf war. Von nun an spukte derselbe in dem Bauernhaus und zwar so arg, dass es zuletzt von Menschen und Vieh verlassen wurde.

Die Rache des Konradle

Bei Bühlertann hielt sich ehedem ein Geist auf, den man Konradle nannte. Derselbe spukte besonders im Hirtengarten.

Dort hatten sich einmal mehrere Burschen in einem Gartenhause zusammengesetzt und spielten Karten. Einer aber, der sehr böswillig und hinterhältig war, spielte nicht mit. Er ging hinaus und befestigte eine Nadel an einem Stecken, öffnete heimlich ein wenig die Gartenhaustür und stach mit der Nadel heftig die Spieler, indem er jedes Mal sagte: »Das hat Konradle getan.«

Nachher begab er sich wieder zu seinen Kameraden. Als diese ausgespielt hatten, gingen sie unangefochten zur Tür hinaus. Der Übeltäter war zufällig der letzte. Wie dieser heraustrat, packte ihn mit einem Mal Konradle, zog ihm die Haut über die Ohren, dass er mausetot war, und breitete diese über das Dach des Gartenhauses aus. Dann schrieb er mit seinen Finger auf die Haut: »Dies hat Konradle getan.«

Der Jäger Kuornle

Der Jäger Kuornle (Konrad), auch Junker Kunz genannt, war einst Forstknecht auf dem Einkorn bei Schwäbisch Hall. Er hatte seine Seele dem Teufel versprochen; dafür hatte dieser ihm das Versprechen gegeben, er werde alles treffen, was ihm vor das Gewehr komme. Dadurch wurde er ein gefürchteter Jäger und kein Wilderer entging seiner Kugel. Der Kuornle hielt zugleich eine Schenke auf dem Einkorn, die wegen ihres berüchtigten Wirts großen Zuspruch aus den benachbarten Ortschaften hatte.

Eines Tages gab es in der Waldschenke Spiel und Tanz, wozu sich viele Gäste eingefunden hatten. Als die Musik lustig ertönte und der Reigen in vollem Gange war, wurde der Jäger hinausgerufen. Jemand meldete ihm, ein prächtiger Edelhirsch liege unter einer Eiche im Verenden. Sogleich machte sich Kuornle mit einigen Forstknechten auf den Weg, fand jedoch an dem bezeichneten Platze den Hirsch nicht; wohl aber war der Boden und das Ge-

büsch umher zerstampft und zerwühlt. Da hieß der Kuornle die andern zurückbleiben und sagte, er werde den Hirsch, der sich wohl nur ins Buschwerk zurückgezogen habe, schon alleine finden. Kaum aber war er eine Strecke weit ins Unterholz vorgedrungen, da vernahmen seine Begleiter ein jämmerliches Hilfegeschrei. Sie eilten an den Platz, von woher das Rufen kam, fanden aber nur noch eine große Blutlache. Von dem Jäger Kuornle war nichts mehr zu sehen, seine Zeit war um gewesen; der Teufel hatte ihn geholt.

Seitdem jagt der Kuornle oft bei Nacht durch den Einkornwald und führt die Jäger irre. Mit manchen Bauern dagegen soll er gut stehen und ihnen oft helfen, die Büchsen zu richten und laden zu sicherem Schuss.

Das Villingertalfräule

Im Villinger Tal zwischen Mergentheim und Wachbach ging lange Zeit ein kleines, steinaltes Weiblein in altmodischer Tracht um, vom Volk das Villingertalfräule oder Fräle genannt. Sie war einst, wie eine alte Sage weiß, eine Gräfin von Wachbach gewesen und war wegen ihres Geizes und ihrer Unbarmherzigkeit weitum bekannt und gefürchtet. Ihre vier prachtvollen Pferde ließ sie jeden Tag mit Wein waschen; das Hausgesinde aber bekam nie einen Tropfen davon zu trinken. Den armen Leuten, die sich keine Kuh und keine Ziege halten konnten und auf der Burg die Milch kaufen mussten, ließ sie nur gewässerte verabreichen. »Drei Schoppen Milch, ein Schoppen Wasser gibt auch ein Maß!«, sagte sie und wies die Mägde an, ihr Gebot ja nicht zu übertreten.

Als sie einmal winters im Schlitten durchs Tal fuhr, lag ein alter Mann im Wege, der vor Hunger und Müdigkeit in den tiefen Schnee gesunken war. Der Knecht hielt die Pferde an und wollte dem Alten beistehen. Seine Herrin aber rief böse und ungeduldig: »Fahr' zu! Fahr' zu!« Sie griff selbst in die Zügel und überfuhr den Mann, der anderentags tot aufgefunden wurde.

Für ihre Untaten musste das Edelfräulein nach ihrem Tode im Villingertalwald umgehen. Vielen begegnete sie nächtlicherweile in ihrer zerlumpten Altweibleingestalt, sprach aber nie ein Wort. Häufig führte sie Leute, die zu später Stunde noch durch den Wald gingen, irre oder sie lockte Fuhrwerke vom Weg ab, so dass sie plötzlich mit Pferd und Wagen mitten im Bach standen. In stürmischen Winternächten war oftmals ihr Ruf: »Fahr' zu! Fahr' zu!« im Villinger Tal zu hören.

Der schussfeste Bauer

In Keuerstadt bei Jagstzell lebte einst ein wildernder Bauer, der sich gut auf die Zauberei und aufs Festmachen verstand: Er ließ wilde Hirsche zahm werden, fing sie mit der Hand ein und hob sie, einen nach dem andern, vorne hoch, um festzustellen, welcher der Schwerste sei. Er konnte sich schuss- und feuerfest machen, keine auf ihn abgeschossene Kugel ging ihm ans Leben; niemand vermochte ihm etwas anzuhaben, ein Jäger schon gar nicht. Hie und da verwandelte er sich zum Spaß in einen Holzblock, auf den sich dann der ihm – wegen seiner Wilderei – auflauernde Jäger setzte und sein Pfeiflein stopfte.

Nun brannte er einmal am Fronleichnamstag im Wald Kohle, glaubte sich ganz sicher und hatte sich darum nicht kugelfest gemacht. Der Jäger schlich sich unbeachtet hinter dem Rücken des Bauern hinter den Kohlenmeiler, legte sein Gewehr an und schoss. Der Bauer fiel auf der Stelle tot nieder. Ein Bildstock beim Herzebrückle in Keuerstadt erinnert noch an diese Geschichte.

Der Neuhausgeist

Beim Neuhaus zwischen Westgartshausen und Waldtann geht am Waldrand ein Geist um, der ist himmellang und hat ein großes graues Tuch um. Er erscheint entweder zu Fuß oder er fährt vierspännig mit vier Schimmeln im Schlitten.

Einst fuhren zwei Männer von Crailsheim nach Haus. Da begegnete ihnen am Neuhaus vorbei auf der Steige der Neuhausgeist. Er ging längere Zeit neben dem Fuhrwerk her. Die Pferde scheuten, dass sie der Fuhrmann habe kaum halten können. Da stieg einer von beiden ab und wollte mit dem Geist reden. Aber der antwortete auf alle Fragen nur mit dem Wort »Reue«. Er hatte nämlich bei Lebzeiten Marksteine versetzt und musste deshalb umgehen.

Der Haalgeist

In Schwäbisch Hall gibt es einen Geist, den man den Haalgeist nennt – nach dem Salzbrunnen oder »Haalbrunnen«, wo er umgeht. Es ist der Geist eines alten Salzsieders.

Er zeigt sich immer drei bis vier Tage vor einer Überschwemmung, trägt eine Laterne in der Hand und geht vom Kocher her auf die untere Stadt zu, indem er beständig mit lauter Stimme ruft: »Raumt aus! Raumt aus!« So weit er aber vorwärts geht, so weit tritt jedes Mal in den nächsten Tagen der Kocherfluss über. Der Haalgeist, den man auch im Kocher platschen hören kann, ist schon öfters in die Stadt gekommen. Dann haben die Leute Keller und Wohnungen geräumt und brachten sich vor der Überschwemmung in Sicherheit. Jedes Mal hat der Geist die Ausdehnung des Wassers genau angezeigt.

Der Haalgeist tut niemandem etwas. Man muss ihn nur ruhig gehen lassen. Wird er aber geneckt, so kommt er in einer erschreckenden Gestalt, als schwarzer Pudel oder als zotteliges Kalb mit feurigen Augen, so dass die Menschen sich entsetzen und krank werden. Ein Nachtwächter wollte den Geist einmal an der Nase herumführen. Dieser merkte es aber und warf den Nachtwächter bei der Henkersbrücke in den Kocher, so dass er elendiglich ertrinken musste.

Warum in Waldtann am Samstag kein Mist gefahren wurde

Es wütete einmal eine schlimme Viehseuche in Waldtann. Immer wieder brach neue Krankheit unter dem Vieh aus. Fast alle Tiere wurden hinweggerafft und auch die wenigen übrig gebliebenen waren immer neu bedroht. Alle verfügbaren Mittel wurden angewendet, um dem Übel Einhalt zu gebieten.

Aber es schien alles vergeblich.

In ihrer Not gelobten die Waldtanner, vor dem Tag des Herrn, also am Samstag, sich auf den Sonntag vorzubereiten und am Wochenende keinen Mist mehr aufs Feld zu fahren.

Das war ihnen nun wie ein heiliges Versprechen, das sie ganz ernst nahmen. Da wich das Unglück zurück!

Nun wurde das Gelöbnis ganz streng gehalten, als ob eine Wacht und Macht darüber wachen würde.

Die Kellerappel

Im Hohenlohe-Bartenstein'schen Schloss in Untergröningen ging früher ein boshafter weiblicher Geist um, die Kellerappel oder auch Bierappel genannt. Der Geist zeigte sich auf mancherlei Weise und an verschiedenen Orten, meist als schwarz gekleidetes Fräulein mit weißem Schurz und Halstuch, einen Schlüsselbund an der Seite. Einmal erschien die Kellerappel dem Nachtwächter in seiner Turmstube, ein ander Mal der Forstverwalterin auf dem Schlosshof. Gerne lauerte sie den Leuten hinter der Wendeltreppe auf, sprang ihnen plötzlich die Stiege hinauf entgegen und jagte ihnen bösen Schrecken ein. Am liebsten hielt sie sich aber im Kellergewölbe auf bei den Bierfässern, darum gab ihr das Volk den Namen Kellerappel oder Bierappel.

Einmal abends kam die Küchenmagd mit einer Schüssel und einem Kerzenlicht in den Keller und wollte Bier anstechen. Sie zog an einem Fass den Spund heraus und hielt die Schüssel unter. In diesem Augenblick erschien die Kellerappel. Vor Schreck ließ die Magd den Spund in die halb volle Schüssel fallen und bemerkte vor Aufregung nicht, wohin er gefallen war. Zu allem Unglück hatte das herausströmende Bier das Licht gelöscht. In ihrer Not steckte die Magd den Finger ins Spundloch, um so das Schlimmste zu verhüten. Da lachte die Kellerappel lauthals und rief: »Hohoho! Mueß i nit lache! De Zapfe en dr Kachel und de Fenger em Loch!«

Der Schlangenstein

Der Schlangenstein hat schon immer die Phantasie der Menschen beflügelt, ein Beispiel dafür findet sich in der Chronik von Martin Crusius:

Es hat sich vor unserer Väter Gedenken zugetragen, dass ein Mann, der aus dem ansehnlichen Geschlechte der Gräter herstammte, in den Diepacher Tälern, durch welche zwischen den Dörfern Cröffelbach und Geislingen der Fluss Bühler hinfließt, auf dem Wege ein unerhörtes Geräusch und Gezisch gehört, welchem er mit Fleiß nachgegangen und einen unglaublich großen Haufen Schlangen, Ottern, Wasser- und Feuerschlangen, so sich ineinander geflochten, angetroffen. Nach dessen Anblick er einen abgehauenen Baum, so nicht weit davon entfernt, auf diesen Haufen geworfen und sie auseinander getrieben. Was er vermochte, hat er umgebracht und endlich an eben diesem Ort einen Schlangenstein erblickt und aufgehoben.

Dieser Stein, dem die Unsern den Namen von einer Feuerschlange gegeben, war von Kaspar Gräter, einem Ratsherrn zu Hall, feierlich und gleichsam heilig als eine großväterliche Beilag der Gräterschen Nachkommenschaft anvertraut mit der Verordnung, dass er für alle Zeiten in Freundschaft aufbewahrt werden sollte, welches auch viele Jahre fleißig ist beobachtet worden. Die Schwere des Steins ist aber vier gemeine Pfund, weniger drei Loth. Der Nutz des Steins ist sowohl im bösen, ja vergiftete Geschwulste, Geschwüre, Entzündungen, beides der Mensch und Tiere, welche durch vielfältiges Anrühren desselben geheilt werden, als auch in vergifteten Bissen, da er, wenn er angelegt wird, das Gift abtreibet.

Vom Regenbogenschüssele

Der Regenbogen steht mit den beiden Enden, die die Erde berühren, über zwei Gewässern. Aus diesen schöpft er mit zwei goldenen Schüsselein. Wer zu rechter Zeit an die Stelle kommt, wo der Regenbogen trinkt, kann das Schüssele finden; in diesem sind alle Regenbogenfarben zu sehen. Findet das Schüssele aber niemand, so nimmt es der Regenbogen gleich wieder mit in den Himmel. Andere sagen, der Regenbogen lasse alle Mal ein Schüssele auf die Erde fallen, damit sein Ende rein bleibe, wie dies in Hall einmal vorgekommen. Wer ein solches findet, soll es nicht verkaufen; denn wer ein Regenbogenschüssele hat, ist für sein Leben gesegnet. Auch ist einmal ein Mann stumm geworden zur Strafe dafür, dass er ein Regenbogenschüssele verkauft hat.

Auf Kupferzeller Markung stieß mal der Regenbogen auf einer Wiese auf. Eine alte Gänsehirtin sah's, lief was sie konnte, bis sie hinkam, war der Regenbogen schon wieder weit fort im Waldenburger Feld drinnen. Sie aber fand ein goldenes Regenbogenschüssele mit einer Vertiefung von der Größe eines kleinen Fingers. Man wollte es ihr oft und teuer abkaufen, bot ihr sogar einen Taler, weil man fest glaubte, in einem solchen Schüssele stecke viel Glück.

Die Glückskäferlein

Vor dem Tor, nahe bei der Mühle, stand das letzte Häuschen des Dorfes Dörzbach. Kinder aus diesem Haus waren auf einer Wiese an der Jagst dabei, das Linnen, das die Mutter zum Bleichen dort ausgelegt hatte, zu besprengen. Auf einmal blieben sie wie erstarrt stehen. Sie sahen einen großen Haufen goldener Käfer und obendrauf saß ein ganz großer, mächtiger, der seinen Mund aufsperrte wie ein Spatz, als wolle er etwas sagen. Ein Bub stieß mit seinem Fuß in den Haufen, die Kinder aber besprengten das Linnen weiter. Wie sie damit fertig waren und zurückkamen, war der große Käferhaufen verschwunden, aber es lagen da 22 neue, schöne blanke Kreuzer, die die Kinder mit nach Hause nahmen und den Leuten zeigten. Ein alter Mann aber sagte: »Kinder, warum habt ihr das mir nicht gesagt? Wenn ihr Brosamen auf den Haufen Käfer gestreut hättet, wäre alles zu lauter Gold geworden.«

Das Geheimnis der schwarzen Frau

Eines Nachts fuhr an der Hofapotheke in Ingelfingen eine Reisekutsche vor. Aus dieser stieg eine tiefverschleierte, schwarz gekleidete Dame in Begleitung eines Dieners und eines feingekleideten Herrn aus. Es ging das Gerücht, dass die Dame Empfehlungsschreiben von höchsten Stellen habe. Doch niemand wusste etwas Sicheres. Niemand sah die schwarze Dame unverschleiert, auch die Dienstmädchen nicht. Sie bemerkten aber, dass auf ihrer Wäsche ein mit Lilien geschmücktes Wappen gestickt war. Doch hörten sie sie sehr oft weinen. Sie verließ das Haus immer nur durch die Hintertüre. Dann ging sie zu dem Kastanienwäldchen am Kocher und schaute traurig stundenlang ins Wasser. Meistens wurde sie von dem Herrn begleitet oder von dem Diener. Wenn der Diener mitging, beobachtete der Herr sie vom Fenster aus mit einem Fernglas und bewachte sie.

Plötzlich, nach einem halben Jahr, es war gerade die Zeit, als Napoleon den Herzog von Enghien aus Ettenheim in Baden entführen und erschießen ließ, reiste die schwarze Dame mit ihrem Gefolge ab.

Heute weiß man, dass die schwarze Dame die Prinzessin Marie Therese von Frankreich, die Tochter Ludwig des XVI. und der Marie Antoinette gewesen war. Deshalb war sie auch immer so traurig, wenn sie an das Schicksal ihrer Eltern und an ihre Heimat dachte, in die sie nie mehr zurückkehren konnte.

Der Spuk im Pfedelbacher Pfarrhaus

Im Pfarrhaus in Pfedelbach hat es früher gespukt. Besonders schlimm war es bei einem Pfarrer, der später in Norddeutschland an einer Universität Professor wurde. Er und seine Frau wurden von dem bösen Geist sehr gequält. Oft sind Messer durch das Zimmer geflogen; das Geschirr und die Gläser wurden zerschlagen.

Kein Wesen war sichtbar, aber selbst der Hund und die Katze spürten die Anwesenheit eines dämonischen Wesens. Sehr oft wurden die Predigten des Pfarrers plötzlich zerrissen. Auch die Gesangbücher und andere geistliche Schriften wurden zerstört. Besonders groß war der Hass des bösen Geistes auf das Johannes-Evangelium, denn dieses wurde aus den Bibeln herausgerissen und zerfetzt.

Eines Tages hörte die Pfarrfrau aus der Wohnstube ein ängstliches Schreien der Haustiere. Als sie die Wohnstubentür öffnete, sah sie einen großen, fremden, schwarzen Vogel, einem Raben ähnlich. Mit dem Bratspieß, den sie gerade in der Hand hielt, da sie in der Küche beschäftigt war, ging sie auf den Vogel los.

Da war dieser plötzlich verschwunden, an jener Stelle aber, an der sich der Vogel befunden hatte, war ein Blutfleck. Dieser war auch noch zu sehen, als der Pfarrer einige Zeit später nach Hause kam. Von diesem Tag an war von dem Spuk kaum noch etwas zu spüren.

Justinus Kerner hat in seinem Magikon auch von dieser Begebenheit berichtet. Der Pfarrer, von dem hier die Rede ist, war der Theologe Johann Gottfried Schupart, der von 1703 bis 1708 Pfarrer in Pfedelbach war. 1721 kam er als Professor der Theologie nach Gießen. Am 3. August 1730 verstarb er als Rektor der Universität. Schupart war ein wahrheitsliebender, von seinen Zeitgenossen geehrter Mann. Die Geschichte seiner gespenstischen Verfolgungen pflegte er jedes Mal in seinen Vorlesungen über die Dogmatik bei der Lehre von den Engeln zu erzählen; sie wurde von einem seiner damaligen Schüler nachgeschrieben.

Das Raalmännle

Unterhalb vom Schloss Morstein, an der Reierhalde, geht das Raalmännle um. Es geistert besonders auf dem schmalen Fußweg, der ins Brettachtal führt. Es ist sehr klein, hat ein Lederwams an mit einem breiten Gürtel und ein spitziges Hütlein auf. Ganz schrecklich sind seine stechenden schwarzen Augen. Schon viele Waldarbeiter, Wanderer und Handwerker haben das Raalmännle dort gesehen.

Im Jahr 1930 wurden in der Schlosskirche in Morstein Reparaturarbeiten durchgeführt. Da endeckte man in einem Gewölbe zwölf Särge, einer davon lag auf der Seite. Als dieser zuletzt geöffnet wurde, schrien die Handwerker vor Schreck auf. Einen kurzen Augenblick sah man eine Gestalt in Lederwams und spitzem Hütlein, dann fiel alles zu Asche zusammen, im Sarg lag – außer der Asche – nur noch eine Gürtelschnalle.

Das Raalmännle ist aber noch nicht erlöst, es ist bis zum heutigen Tag noch vielen erschienen.

Der Schwarz von Orlach

In Orlach steht gegenüber der Kirche ein großes Bauernhaus mit folgender Inschrift:

> »Wichtige Begebenheiten gaben Veranlassung zur
> Erbauung dieses Hauses, welches durch Gottes Güte
> 1833 von Joh. Mich. Gronbach erbaut wurde.«

Nachdem es in dem Haus mehrfach und andauernd gespukt hatte, erschienen Magdalena, der zwanzigjährigen Tochter Johann Michael Gronbachs, 1832 zwei Geister, ein weißer und ein schwarzer. Der weiße war eine Nonne; sie gab an, dass sie vierhundert Jahre früher in Orlach gelebt habe und nun – wegen ihrer Sünden, die sie vor allem durch den »Schwarzen« begangen habe – im Haus bleiben müsse. Sie hoffe auf Erlösung durch Magdalena. Dazu solle das elterliche Haus bis zum März 1833 abgerissen werden, sonst geschehe großes Unglück. Danach müsse an derselben Stelle ein neues Haus gebaut werden. Die weiße Frau verlangte auch absolutes Stillschweigen gegenüber dem Schwarzen, der das Erlösungswerk durchkreuzen wolle.

Die weiße Frau erschien nun dem Mädchen öfters und erzählte, dass sie damals gegen ihren Willen ins Kloster gehen musste. Dieses soll dort gewesen sein, wo heute das Haus des Wirts stehe. Unter dem Elternhaus Magdalenas soll ein Kapuzinerkloster sich befunden haben. Der Abt desselben, ungläubig und ruchlos, habe schlimme Sünden begangen. Er habe die Nonnen durch einen unterirdischen Gang in sein Kloster gelockt, sie sich gefügig gemacht und dann getötet. Von einer dieser Nonnen, von ihr selbst nämlich, sei er angezeigt worden, habe sich in Hall vor Gericht verantworten müssen, sei aber dann auf Grund einer hohen Bestechungssumme freigekommen. Als er nach Orlach zurückgekehrt, habe er zuerst die Nonne, die ihn verraten hatte, getötet und dann sich selbst.

In der Folgezeit hatte Magdalena Visionen von dem Schwarzen und fühlte sich von ihm bedroht und gequält. Die Eltern brachten nun das Mädchen nach Weinsberg zu Kerner, wo sie eine Zeit lang beobachtet wurde. Nach ihrer Rückkehr nach Orlach vermehrten sich ihre Ohnmachtsanfälle und die Geistererscheinungen.

Eigenartig und merkwürdig ist auch eine Begebenheit, die Magdalena ihren Eltern erzählte. Die weiße Frau habe ihr befohlen, in den Stall zu gehen, dort sei Geld vergraben, sie solle das Geld in drei Teile teilen und stiften: dem Armenhaus, dem Waisenhaus in Stuttgart und dem Schulfonds zu Orlach. Man fand dann an der bezeichneten Stelle wirklich »württembergische und bairische Thaler«. – Und immerhin: Die Stiftung an den Orlacher Schulfonds ist belegt.

Mit Beginn des Jahres 1833 erscheint der Schwarze immer öfters und quält das Mädchen in seinen Besessenheitszuständen. Auf die immer dringenderen Bitten Magdalenas hin beschloss der Vater, das Haus abzubrechen. Als der Abriss begann, wurde Magdalena bewusstlos. Danach erschien die weiße Frau noch einmal dem Mädchen und bedankte sich für die Erlösung, dabei wollte sie ihr zum Abschied die Hand geben, doch Magdalena hatte Angst vor der Berührung und reichte ihr ein Taschentuch.

Nach dem Verschwinden des Geistes sah man in dem Tuch sechs Brandlöcher, ein großes für den Handballen und fünf kleine für die Fingerspitzen.

Die Anfälle Magdalenas hörten danach auf, sie heiratete später einen Bauern in Belzhag und starb kurz vor ihrem vierzigsten Geburtstag, so wie ihr die weiße Frau vorausgesagt hatte.

Die weiße Frau war nun erlöst, doch der Schwarze soll bis zum heutigen Tag in der Gegend von Orlach spuken.

Marie Niethammer, die Tochter Justinus Kerners, schreibt in ihren Erinnerungen: »Ich will diesen Abschnitt nicht schließen, ohne eine zweite merkwürdige Geschichte zu erzählen, die ich erlebte. Man wird es einer Tochter Justinus Kerners nicht verübeln, wenn sie sich etwas in der Nachtseite der Natur ergeht.

Es war einige Jahre später, als zu dem Vater ein Bauersmann aus dem Hohenlohischen, aus Orlach bei Hall, mit einer netten, blühenden, noch sehr jungen Tochter kam und ihm die Krankengeschichte derselben vortrug.

Wir hatten an diesem Tage viele Besuche, und es gab für mich die Hände voll zu tun; ich hätte keine Zeit gefunden, auf die Krankengeschichte zu achten, war auch nicht begierig darauf, denn es war ja etwas Gewöhnliches, dass Kranke jeder Art täglich zum Vater kamen.

Erst spät abends sagte mein Vater, dass für das Mädchen im oberen Zimmer des Schweizerhauses ein Bett gerichtet werden müsse, indem sie bei uns bleibe. Ihr Vater, der im Wirtshaus übernachtete, begleitete sie an die Türe des Zimmers und schloss dieselbe von außen ab. Ich schlief im ersten Stock, zwei Zimmer entfernt von den Eltern, und kam spät am Abend und todmüde endlich zur Ruhe. In meiner großen Übermüdung versäumte ich, die Bibel, in der ich immer noch vor Einschlafen zu lesen gewöhnt war, an das Bett zu nehmen. Ich schlief gleich ein, wachte aber bald wieder auf und hörte, wie der Nachtwächter ein Uhr rief und der Eilwagen am Hause vorüberfuhr. Da war es mir auf einmal, als bewege sich eine schwarze, formlose Masse gegen mich, und ich empfand an meiner rechten Hand einen Druck, unter dem das Gefühl über mich kam, als sei es mir unmöglich, die geringste Bewegung zu machen. Dieses Gefühl hielt mehrere Minuten an, dann verschwand es, wie es gekommen war, und ich schlief nach einiger Zeit wieder ein, bis die Mutter kam, um mich zum Aufstehen zu erwecken. Dieser erzählte ich die Begebnisse der Nacht, worauf sie meinte: ›Du wirst geträumt haben‹. Dass dieses nicht der Fall war, wusste ich aber gewiss.

Nicht lange nachher kam das Orlacher Mädchen aus ihrem Zimmer herab, fiel auf den nächsten Stuhl nieder und bekam ihren so genannten Anfall; in diesem wusste sie nichts von sich, es sprach ein anderes Wesen mit total veränderter Stimme und Ausdrücken, die dem Mädchen sonst ganz fremd waren, aus ihr. Die Stimme gab sich für einen Mönch aus, der zeitweise Besitz von dem Mädchen nahm. Mir war die Verwandlung, die mit dem Mädchen vorging, etwas ganz Neues, und ich stand erstaunt vor ihr. Auf einmal wendete die Stimme sich an mich, mit den Worten: ›Gelt! dich habe ich heute Nacht recht gekriegt, du hast dich brav nicht mehr rühren können, zu dir komm ich noch öfters.‹ Später, als ich die Anfälle gewöhnt war und ich mich mit dem Schwarzen (so heißt man ihn, weil das Mädchen vor jedem Anfall eine schwarze Gestalt auf sich zugehen sah) befreundet hatte, fragte ich ihn: ›Nun, warum bist du unterdessen nicht mehr gekommen?‹ Darauf erwiderte er: ›Tue nur das Buch weg, das jede Nacht neben dir liegt, so komme ich schon.‹ Das Buch (die Bibel) blieb aber jede Nacht mein treuer Hüter, und den Schwarzen sah ich nie mehr. Dies ist eine einfache Tatsache, die ich erlebte.«

Von Schelmen und Narren

Der sparsame Waldtanner

Manchmal erschienen in den Pfarrberichten die Waldtanner ihren Pfarrern zu sparsam zu sein. Der Jerch zum Beispiel war so ein Knicker, wie die Leute einen äußerst sparsamen Menschen nannten.

Damals war die Meinung, wenn so »a klans Säule krumm werden wollte«, also Krämpfe kriegte, dann sei ein gutes Heilmittel, das Tier ein wenig über Dampf zu halten. In der Wärme, so meinte man, lösen sich die Krämpfe. Man probierte halt alles.

Die Rigge hat einen Kessel Wasser heiß gemacht und das kochende Wasser in »a Schäffle nei gschüttet«.

Das Dumme war nur, dass der sparsame Jerch keinen guten Korb nehmen wollte für das Säule. Er nahm einen alten Korb; in dem tobte das Säule recht rum. So lange, bis der Boden unten rauskracht ist und, o weh, das Säule ins siedende Wasser gefallen ist. Die Rigge ist in den Hof hinabgesprungen und hat »Mordio« geschrien: »Wali, wali, unser Säule versauft in dere siediche Bria!«

Da ging zufällig der Fritz vorbei, der Metzger, der ins Mistbreiten wollte: »Er hat sei Gawel nouglant, sei Taschenmesser rauszouche und dem arme Säule den Hols ogschniede.« – »Ja, sou kous gähne, wenn mer so a Knigger is«, sagten daraufhin die Leute.

Der Gaukler von Hall

Auf dem Marktplatz in Schwäbisch Hall zeigte einmal ein Gaukler seine Künste. Aus allen Gassen waren die Männer und Frauen und Kinder herbeigeströmt, standen mit offenen Mäulern da und staunten über einen bunten Hahn, der gerade mit einem Wiesbaum im Hintern die vielen Stufen der Michaelskirche hinaufhüpfte. Da kam eine Magd mit einem Grastuch voll Futter auf dem Kopf vorbeigegangen und sah dem Gaukeltreiben zu. Weil sich aber in dem Bündel Gras ein vierblättriges Kleeblatt befand, vermochte das Mädchen das Blendwerk des Gaukelhansels zu erkennen und rief darum den Leuten zu: »Ei, was wundert ihr euch denn? Es ist ja nur ein Strohhalm, was der Gockel im Hintern stecken hat!« Darüber wurde der Jahrmarktzauberer böse, stieß der Magd das Grasbündel vom Kopf und verblendete sie im Nu so, dass sie glaubte, sie müsse durch ein großes Wasser waten. Flugs hob sie deshalb beim Gehen den Rock hoch bis über die Knie hinauf. Das war ein Spaß und es setzte großes Gelächter ein – und so hatte der Gaukler die Zuschauer nun wieder auf seiner Seite.

Doktor Faust in Schwäbisch Hall

Auf seinen mannigfachen Wanderfahrten kam Doktor Faust auch nach Schwäbisch Hall. Dort ist er in der Schuhgasse in einem Wirtshaus eingekehrt, da wo man zur unteren Herrengasse umbiegt, hat sich aber nicht zu erkennen gegeben, sondern hat nur mit den anderen Gästen wacker gezecht. Er hielt sich mehrere Tage in der Stadt auf. Einmal ging er mit seinem Wirt auf dem unteren Wöhrd spazieren. Da sah er auf dem hölzernen Kochersteg einige Salzsieder stehen. Diese betrachteten den auffallenden Mann und machten ihre Bemerkungen. Kein Wunder, heißt es von den Haller Siedern, dass selbst Christus, wenn er durch das Haal ginge, nicht unbespöttelt durchkäme.

Die Sieder rieten, wer er wohl sei. Der eine sagte: »Es ist der Äsop«, ein Zweiter: »Es ist der Bandelstrobel.« Der Bandelstrobel war nämlich ein Buckliger, mit dem damals Alt und Jung in Hall gern ihren Spaß trieben.

Als Faust ihre Spottreden hörte, ging er auf sie zu und fragte sie, ob er ihnen den Teufel erscheinen lassen solle. Die Sieder lachten. Da zog er mitten auf dem Steg die Hose ab und ließ einen feurigen Strahl in den Kocher hinabfahren. Das Wasser zischte auf und ein kohlschwarzer, zottiger Mann stieg daraus empor. Der lief auf die Sieder zu, dass diese nach allen Seiten auseinander stoben. »Wäre einer von ihnen aus Schrecken ins Wasser gefallen«, sagte darauf Faust zu seinem Begleiter, »so hätte ihn der Teufel ganz sicher zerrissen.«

Der Haller Mond

Auf der Kocherbrücke stand einmal in später Abendstunde ein Fremder und betrachtete den Fluss und die Stadt, die vom Vollmond mit magischem Licht übergossen waren. Da kam ein Haller Salzsieder über die Brücke gegangen, der wohl, wie sein Gang zeigte, ein Gläschen über den Durst getrunken hatte. In dem Fremden regte sich der Schalk und er fragte den Haller: »Lieber Freund, können Sie mir nicht sagen, ob das der Haller

Mond oder ein anderer ist?« Der Haller war aber auch nicht so dumm, wie er schien, und antwortete: »'s tut mer laad, dass i net diene kau; wisset Se, i bi selwer net vo hie!«

Er kann nicht Französisch

Als in den napoleonischen Kriegen einmal Franzosen in ein hohenlohisches Dorf kamen, da wurde den Bauern dieses Dorfes viel Eigentum weggenommen und fortgeführt. Ein französischer Rittmeister kam eines Tages mit seinen Soldaten vor den Hof des Schulzenbauern und zeigte einen Schein vor, der auf drei Scheffel Haber lautete, die aber vom Schulbauern zu erheben waren. Der Schulzenbauer wies nun den Rittmeister hinüber zu seinem Nachbarn, dem Schulbauern, er solle dort den Haber fassen, wie es auf dem Schein geschrieben stehe. Der Rittmeister aber wollte dies nicht gelten lassen und schalt und zankte fürchterlich. Da wandte sich der Schulzenbauer in seiner Bedrängnis an seinen Nachbarn, den Schulbauern, welcher auch gleich, als er den Schein gelesen hatte, zugab, dass er und nicht der Schulzenbauer die drei Scheffel Haber liefern müsse.

Unterdessen aber trugen schon die Soldaten des Rittmeisters die drei Habersäcke aus dem Haus des Schulzenbauern heraus und luden sie auf ihre Gäule.

Da bat der Schulzenbauer seinen Nachbarn, den Schulbauern, inständig und sprach: »Nachbar, wehr's ihm doch, er nimmt ja meinen Haber mit und nicht den deinen.« Dieser aber sagte gelassen: »Weißt Nachbar, sag's nur du ihm, ich kann nicht Französisch«, lachte in sich hinein wie ein Spitzbube und sah

schmunzelnd die Soldaten mit des Schulzenbauern Haber davongaloppieren.

Die beiden Braunen des Schulbauern wurden von dem Haber, den ihr Herr auf so schlaue Weise erspart hatte, rund und glatt. Im ganzen Dorf waren keine so schönen Tiere zu sehen und der Schulbauer hatte auf sie einen großen Stolz.

Sie gefielen aber auch einem französischen Oberst, der eines Tages an der Spitze des Fuhrwesens durch das Dorf kam. Ohne lange zu fragen, ob's erlaubt sei oder nicht, ließ er die schmucken Rösslein aus dem Stall nehmen und dafür zwei alte abgeschundene Klepper hinstellen. Alles Bitten und Lamentieren des Schulbauern war umsonst. Der Oberst tat, als ob er kein Deutsch und keine Tränen verstünde. Als die Soldaten fort waren, kam der Schulbauer zu seinem Nachbarn, dem Schulzenbauern, herüber und klagte ihm sein Leid. »Du hast recht«, sagte dieser, »'s ist schad um deine Gäul wie um meinen Haber, aber so geht's halt, wenn man nicht Französisch kann.«

Die hohenlohische Bäuerin und die schwäbische Pfarrfrau

In ein Dorf des Vorbachtals war eine junge, aus der Stadt stammende schwäbische Pfarrersfamilie gezogen. Aufs Freundlichste wurden sie empfangen und das Eingewöhnen wurde ihnen leicht gemacht. Da, eines Abends, kam die Nachbarin, die Bäuerin eines großen Hofes, mit einem »Kreewle« (Körbchen) ins Pfarrhaus, packte aus und der jungen Pfarrerin gingen die Augen über ob des Reichtums, Leberwürste, Kesselfleisch, ein beachtliches Kotelettstück und ein Schüsselchen Schmalz. In einer Kanne war ein ordentliches Quantum »Kesselbrühe«. »Da, Fraa Pfarrer, bring i Ihne a Krettbrüa, mir häwe g'schlacht!«, annoncierte die Bäuerin ihre Gaben. Die Pfarrerin, die bislang noch keine Ahnung hatte von der hohenlohischen Gewohnheit, etwas von der Metzelsuppe als eine Art verlagerte Opfergabe dem Pfarrer und dem Lehrer zu bringen, bedankte sich mit überschwänglichen Worten und sagte: »Aber das wäre doch nicht nötig gewesen, das ist ja viel zu viel«, und was man bei derartigen Gelegenheiten eben so sagt. Darauf erwiderte die Bäuerin: »Beruhige se sich norr, Fraa Pfarrer, des is gor nix bsunders, des krieche ba uns alle g'ringe Lait!« Damit wusste die Pfarrerin, wie sie eingestuft war in der Sozialordnung der hohenlohischen Bauern.

Der Geißkauf

Einmal ging der Messnerskasper von Münkheim nach Hall und handelte bei einem Bauern eine junge Geiß ein. Weil's an dem Tag so heiß war, bekam er Durst und kehrte im »Schwanen« in Gelbingen ein. Er band sein Geißlein an einen Ring neben dem Hauseingang fest und setzte sich in die Wirtschaft. Der Kasper trank ein Schöpple und noch ein Schöpple und setzte noch ein Drittes drauf über den Durst. Derweil band einer draußen sein Geißlein los, führte es in den Wirtsstall und band an des Geißleins Stelle einen Bock an den Ring. Der Kasper in seinem »Dampes« (Rausch) merkte nichts, machte das Tierlein los und trat mit ihm den Heimweg an. Zu Hause wurde er von seiner Frau tüchtig ausgeschimpft, weil er statt einer Geiß einen Bock mitgebracht hatte.

Am andern Morgen stand der Messnerskasper heimlich in aller Frühe auf, nahm den Geißbock am Strick und ging mit ihm Hall zu. Beim Wirtshaus in Gelbingen bekam er wieder Durst, band sein Tierlein außen an den Ring und ging hinein. Er trank ein Schöpple und noch ein Schöpple und setzte noch ein Drittes über den Durst drauf und bis er hinauskam, hatte einer das Böcklein losgemacht und dafür wieder das Geißlein an den Ring gebunden. Der Kasper merkte nichts, band das Tierlein los und machte sich auf den Weg nach Hall zu dem Bauern, bei dem er es eingehandelt hatte. Er hieß ihn einen nichtsnutzigen Gauner, der ihm einen Bock für eine Geiß aufgehängt habe. Der Bauer aber, der gleich merkte, dass der Kasper Haber unter der Kappe hatte, musste heimlich lachen und fragte den Messnerskasper, ob er unterwegs eingekehrt sei. »Fraile«, sagte der Kasper, »z'Gelwingen im Schwane.« – »Sou, sou … Ja, hasch du noozue und ruffzue ei'kährt?« – »Fraile, fraile!« – »Sou, sou«, sagte der

Bauer, »noo nemmt me's net Wunder! Jetzt will i dr ebbes sooche, Messnerskasper; jetzt gähsch mit dem Gaaßle norr widder wahle haam – awer em Wärtshaus z'Gelwinge kährsch mr hait nemme ei'!«

Das verlogene Wetterglas

Der Bachbauer im Hohenlohischen hat vom Jakobimarkt in Hall ein Wetterglas mit nach Hause gebracht. Neben dem Sofa an der Wand hängt er das Ding auf und betrachtet nun mit Interesse das Steigen und Fallen der Quecksilbersäule in der Glasröhre. Er wird auch Tag um Tag mit seinem Kauf zufriedener, denn das Wetterglas zeigt immer schönes Wetter an, und es ist auch ein Tag so schön wie der andere, was der Bauer zur Erntezeit wohl brauchen kann. Da, eines Mittags, der Bauer sitzt mit seiner Familie und seinem Gesinde eben bei Tisch, fängt der Himmel an sich zu bewölken. Der Sohn fragt den Vater: »Voder, soll i auße fohre?« Der Bauer geht ans Fenster, besieht das Wetterglas und klopft unten an das Häuslein. »Spann norr ei«, sagt er, »'s Wetterglos staicht.« Der Sohn tut's.

Nach zwei Stunden aber kehren Vater, Sohn und Gesinde bis auf die Haut vom Gewitterregen durchnässt zurück. Ergrimmt tritt der Bauer in die Stube, nimmt das trügerische Instrument von der Wand, hält's zum Fenster hinaus und ruft, dass es die Nachbarn hören: »Do, siech naus, verloches Best und guck wias rechert! 's is norr guet, dass mer de net au no füttere mueß!«

Warum die Jagstheimer Eierleger genannt werden

In Jagstheim war einmal eine Bauersfrau, die hatte nur ein paar Hühner im Stall, brachte aber immer eine große Menge Eier auf den Markt nach Crailsheim. Die Nachbarn hegten schon lange Verdacht, dass das nicht mit rechten Dingen zugehen könne. Weil sie aber nicht dahinter kommen konnten, wandten sie sich an den Knecht des Hauses und beredeten ihn, dass er auf die Frau aufpassen solle. Der Knecht war gern dazu bereit; denn ihm selbst war es schon aufgefallen, dass die Bäuerin immer zweierlei Brot buk; ein halbweißes, das sie alleine aß, und ein schwarzes für die übrigen Hausgenossen.

Nun war die Frau wieder einmal auf dem Markt. Da suchte der Knecht nach dem halbweißen Brot, fand es endlich zuhinterst in der Tischschublade, schnitt sich ein ordentliches Stück ab und aß es. Kaum hatte er das Brot im Leibe, so musste er gackern wie eine Henne, lief schnell in den Hühnerstall, setzte sich aufs Nest und fing an, Eier zu legen. Während er so dasaß, rief ihn sein Herr. Weil aber das Eierlegen gar kein Ende nehmen wollte und er deshalb nicht weg konnte, rief er dem Bauern, er solle doch geschwind zu ihm in den Hühnerstall kommen. Der Knecht erzählte die ganze Geschichte. Der Bauer wollte sie jedoch nicht glauben. Um sich aber selbst davon zu überzeugen, ging er in die Stube und aß ein Stück von dem Hexenbrot. Alsbald fing auch der Bauer an zu gackern, lief in den Hühnerstall hinaus und setzte sich neben den Knecht auf's Nest. Und nun legten beide miteinander einen ganzen Korb voll Eier. Jetzt wusste der Knecht, woher die Bäuerin die vielen Eier nahm. Nachdem er es den Nachbarn verraten hatte, wurde die Geschichte bald überall bekannt, und niemand mehr wollte der Frau ihre Eier abkaufen. Die Jagstheimer aber erhielten davon den Spottnamen »Eierleger« und haben ihn auch bis auf den heutigen Tag behalten.

Die Distelfinken

Die Ingelfinger nennt man Distelfinken. Daran sind aber nicht sie schuld, sondern ihr Schultheiß. Dieser Schultheiß hielt nämlich in seiner Stube einen Distelfinken und der Vogel war ihm lieb und wert, sowohl wegen seines Gesanges und noch mehr wegen seines zutraulichen Wesens.

Da geschah es nun eines Morgens, dass der Schultheiß den Vogel fütterte und dabei die Türe des Käfigs öffnete. Er wusste nicht, dass zur selben Zeit seine Frau hinter ihm das Fenster aufmachte, weil sie die Stube kehren wollte. Kurz und gut, der Distelfink entwischte dem Käfig, flog hinaus auf den Baum vor dem Haus, wo er sich niederließ und gegen den Schultheißen, der ihn vom Fenster aus lockte, piepste, als ob er sagen wollte: »Fang mich, wenn du kannst!«

Er schien auch einen Flug in die weite Welt zu planen, denn er hob und senkte immer wieder die Flügel, wie wenn er probieren wollte, ob sie dazu auch kräftig genug seien. Den Schultheiß brachte dies in helle Verzweiflung. Er lief aufs Rathaus und läutete dem Schütz. Und als der in Eile gelaufen kam, befahl er ihm, rasch die Tore der Stadt zu schließen, damit der Vogel nicht entwische. Ob's geholfen hat, weiß ich nicht. Aber die Ingelfinger haben von der Geschichte den Namen Distelfinken bekommen.

Übrigens erzählt man sich dieselbe Geschichte von den Niedernhaller, die auch einen ihrer Weine danach benannt haben.

Jagdgeschichte vom alten Gäwele

Beim Fürsten von Hohenlohe-Öhringen hatte sich wieder einmal der Prinz Esterházy zur Auerhahnjagd angemeldet und auf Befehl des fürstlichen Oberjägermeisters hatte der Revierförster Gäwele dafür zu sorgen, dass der Prinz einen Auerhahn erledigen konnte. Das war leicht gesagt; aber einen Auerhahn erledigte man natürlich nicht nur einfach so. Doch der schlaue Gäwele wusste sich zu helfen. Bei Nacht, um ein Uhr, machte er sich auf ins Michelbacher Revier und hatte wirklich Jagdglück, denn als es auf dem Michelbacher Kirchturm drei schlug, hatte er einen feisten Hahn im Rucksack. Mit dem ging er zum Holzmacher Christian, einem durchtriebenen Gauner, versprach ihm einen halben Gulden und ein Fläschchen Schnaps und sagte: »Dô how i em Rucksack en Auerhahn, den muess dr Prinz Eschderhazzi morche schiaße!« Und dann gab er dem Christian die näheren Anweisungen: Er solle mit dem Auerhahn auf die hohe Buche klettern und sich in den Ästen verdrücken. Wenn er ihn zweimal pfeifen höre, solle er anfangen zu balzen und sobald der Prinz den Schuss abgegeben habe, den Auerhahn herabwerfen. »Brauchsch de net z'färchte, i lod ehm's Gwehr selwer und zwor blind. Also, hait Nacht um aans, Chrischtian!« sagte der Gäwele. »Und Waidmannsheil!«

Um zwei in der Nacht kam die alte Jagdchaise vom Schloss Öhringen angefahren, auf dem Bock der Leibkutscher Häfner und als Insassen der gnädige Herr Fürst, der Prinz Esterházy und der Oberjägermeister von Killinger. Alles verlief wie abgemacht. Der Christian balzte, grad als sei's ein rechter Auerhahn. Der Gäwele tuschelte dem Prinzen ins Ohr: »Dorchlaucht, druff!« Der Prinz schoss beide Läufe ab und gleich drauf tat's einen Pflumpfer vom Baum herab. Durchlaucht drauf los wie ein Falk – und was hebt er vom Boden auf? Einen Rucksack! Hatte doch der Christian, dieses Rindviech, den Auerhahn mitsamt dem Rucksack heruntergeschmissen! Der Fürst hielt sich den Bauch vor Lachen; der Prinz konnte sich nicht enthalten zu bemerken, es sei ihm noch nie vorgekommen, dass er einen Auerhahn im Sack geschossen habe, – dann aber lachte er weidlich mit; der Oberjägermeister sagte bloß: »O Gäwele!«

Als der Christian unten war, gab ihm der Prinz drei Kronentaler und fragte ihn, ob's ihm nichts getan habe. Nun hatte der sich zufällig an einem dürren Ast gestoßen, so dass er an der Hand ein wenig blutete. Der Prinz meinte aber, er hätte ihn angeschossen und legte noch einmal fünf Kronentaler dazu.

»I sooch ewe vielmohls Dank, Ihrer Dorchlaucht und dem gnädiche Herr Färschte!«, sagte der Christian und machte, dass er zu seinem Schnaps in den »Ochsen« kam.

Vom Jägerlatein des Barons

Der Herr Baron Kraft zu Hohenlohe-Gracht, ein Waidmann von echtem Schrot und Korn, hatte schon an die dreißig Jahr einen ebenso waschechten Schwaben, den Jakob Sipferle, als Leib- und Magendiener um sich. Der Jakob war dem Herrn Baron unentbehrlich, vor der Jagd, bei der Jagd und besonders nach der Jagd, wenn es galt, die unglaubwürdigsten Abenteuer, die der Baron bestanden haben wollte, als Augenzeuge zu bestätigen. Es kam manches Mal vor, dass bei der Tafelrunde einer der Gäste die »Jagdgschichtlich« des Burgherrn anzweifelte und mit Kopfschütteln sagte: »Awer, Herr Baron, des isch fascht goar net zu glaawe!« In solchem Fall ließ der Baron den Diener Jakob antreten, wiederholte seine Geschichte und fügte die Fra-

ge an: »Net wohr, Jakob, sou isch gweah?« Und der Jakob, hierzu ein für alle Mal angewiesen, hatte stets die gleiche Antwort bereit: »Zue Befehl, gnädiger Herr! Ganz genau so, wia's Hochdieselbe verzählt hänt!« Damit war dann für den Erzähler und die Zuhörer die Sache erledigt.

Ein wenig anders freilich gestaltete sich für den getreuen Jakob die Geschichte an jenem Abend, als der Baron seiner Gesellschaft erzählte: Heute habe er einem Rehbock mit einem wohlgezielten Schuss durch den linken Hinterlauf hinters linke Ohr das Lebenslicht ausgeblasen. »Nicht möglich, Baron!«, riefen die Freunde. – »Gwiss meechlich!«, antwortete der Baron trocken und rief den Jakob herbei, der das unerhörte Jagdglück seines Herrn in der gewohnten Weise bestätigte. Wenn der Herr Baron aber glaubte, damit sei auch diese Sache erledigt – diesmal hatte er sich verrechnet. Einer der Herren der Tischrunde rief gegen alle Regel und Respektsitte: »Und ich behaupte, dass es unmöglich ist, ein Stück Wild auf diese Weise zur Strecke zu bringen!« – »Sou, sou, maanet Sie?«, erwiderte der Baron. »Des wölle mr ärscht emohl seeche! Jakob, sooch dene Herrn, wie sich's zuetrooche hat!« Der Jakob, anfangs doch ein wenig erschrocken, fasst sich rasch und schoss los: »Jawohl, genau so isch zuegange, wia dr gnädige Herr Baron verzählt hänt! Der Bock hot mit seim linke Hinterfuß grad am Ohr kratzt, wia ihm dr gnädig Herr ois nufplätzt hot. Verstande, Ihr Herre?« Sprach's und verschwand aus dem Saal. Als die Gäste sich verzogen hatten, trat der Jakob nur so beiläufig an seinen Herrn heran und flüsterte ihm zu: »Gnädiger Herr, wenn's überhaupt sei mueß, noh tänt Se künftig nemme so weit ausenander lüege – desmol han i's kaum meh zsämebrocht!«

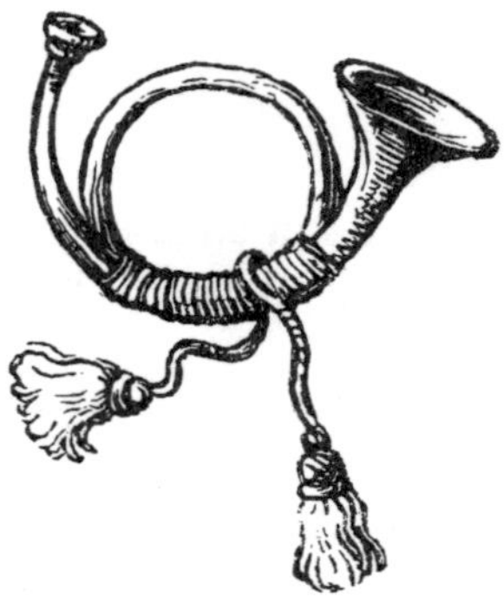

Bräuche und Aberglauben

Vom Feuer

Im Herdfeuer sind Hausgeister, die man bisweilen sprechen hört. Wenn man sie achtet, helfen sie den Brei kochen und wehren dem Feuer, dass es nicht wild wird und das Haus anzündet.

Wenn die Magd nachts um zwölf Uhr das Feuer aufmacht, um Brot zu backen, so soll sie, ehe sie den Strohwisch anzündet, Weihwasser auf ihn spritzen, damit das Feuer nicht wild wird und zum Backofen herausschlägt.

Findet man ein Rosseisen mit allen Nägeln drinnen und nagelt es über die Stalltüre, so brennt es im selben Gebäude nicht.

Gegen Feuersbrunst ist gut: Sankt-Laurenti-Kohle. Man findet sie überall in der Erde, wenn man an Sankt Laurenti (10. August) gerade nach dem Zwölfuhrläuten nach ihr gräbt. Man soll sie im Kasten aufbewahren.

Gegen Feuersbrunst schützt man die Häuser, indem man über die Türen mit Dreikönigskreide schreibt: C. M. B. (die ersten Buchstaben der Namen der drei Könige).

Feuer wird angesagt, wenn ein Hund im Dorf heult, auch wenn die Störche plötzlich ihr Nest verlassen.

Wenn man sich einen Finger verbrennt, soll man mit der gebrannten Stelle schnell ans Ohrläppchen fahren, dann schmerzt sie nicht mehr.

Wenn ein Haus abbrennt, aber der Kamin stehen bleibt, so brennt es bald wieder.

Alte Besen soll man nicht im Ofen verbrennen, sonst können Hexen und böse Leute einem etwas antun. Auf dem Herd aber, unter einem Kessel darf man sie dreist verbrennen.

Vom Wind

Wenn die Windsbraut daherfährt, soll man sich auf den Boden legen, wie beim wilden Heer, weil sie einen sonst mitnimmt.

Wenn die Windsbraut kommt, soll man sich bekreuzigen, sie ist des Teufels Braut.

Die Windsbraut ist sehr boshaft. Sie kommt gern während der Heuet oder dem Öhmd, wo sie es liebt, dem Bauern seine Sachen zusammenzuwalzen und auf fremdes Eigentum zu führen. Sie stürzt die Heuwagen um und nimmt den Männern ihre Tücher und Schweißtücher.

Wo eine Windsbraut auffährt, ist eine Hexe aufgesprungen.

Wenn in der Nacht oder bei Tag sich einer hängt, so geht ein fürchterlicher Sturm.

Großer Wind bedeutet großen Krieg.

Vom Blitz

Wenn man ein Schwalbennest unter dem Dachtrauf hat oder Hauswurz auf dem Dach wächst, schlägt das Wetter nicht ins Haus.

Nie schlägt der Blitz in ein Haus, in welchem einer wohnt, der Johannes heißt.

Man soll auf den Blitz nicht mit dem Finger weisen, das bringt Unglück.

Ein Feuer, das der Blitz anzündet, ist nicht zu löschen.

Vom Donner

Wenn es donnert, sagt man, Petrus schiebt Kegel.

Wenn es über das leere Holz donnert, wird es nochmal kalt.

Nimmt man von den Weiden und dem Laubwerk der Fronleichnams-Altäre mit sich heim und hebt es auf, so schlägt das Wetter nicht ein.

Vom Regen

In den Maienregen sollen die Kinder hinausstehen, dass sie recht groß werden.

Will man den Regen aufhören machen, so gehe man ins Feld hinaus und lese das erste Kapitel des Johannes-Evangeliums.

Wenn der Regenvogel (Fink) schreit, so regnet es bald, denn er schreit immer: Schütt, schütt, schütt.

Regnets bei einer Hochzeit der Braut auf den Kranz, so ist das ein glückliches Zeichen, sie wird reich werden.

Sind zwei Regenbogen auf einmal am Himmel, so ist der weniger schöne vom Teufel gemacht, der alle Gotteswerke nachpfuscht. Man erkennt den falschen Regenbogen schon daran, dass die Farben in verkehrter Reihenfolge kommen.

Der Regenbogen heißt: Himmelring. Auf ihm steigen die Engel wie auf einer Brücke auf die Erde herab. Da, wo er die Erde berührt, lassen die Engel ein goldenes Schüssele fallen.

Der Regenbogen bringt Wasser mit zwei goldenen Schüsseln. Andere sagen mit einer, in der Sonne, Mond und Sterne abgebildet sind.

Vom Nebel

Wenn nach einem Regen die Nebel aus den Tälern aufsteigen, so sagt man, die Hasen backen Küchlein, es regnet noch mehr. Geschieht es aber bei gutem Wetter, so schließt man auf Veränderung des Wetters.

Vom Schnee

In manchen Gegenden erzählt man sich, der Schnee werde im Sommer im Himmel kleingehackt.

Im Jahreslauf

Januar

Je frostiger der Januar, je freudiger das ganze Jahr.

Stellt man sich in der Neujahrsnacht auf eine Kreuzstraße, so sieht man den Himmel offen und erfährt, was sich im kommenden Jahr zutragen wird.

Wer auf Neujahr nicht abgesponnen hat, der behält das ganze Jahr Flachs oder Werg an der Kunkel (Spindel).

In der Neujahrsnacht schneide man eine Zwiebel mitten durch, nehme sie auseinander und stelle zwölf aus der Zwiebel gebildete Schüsselchen in einer Reihe hin. Sowie das neue Jahr beginnt, tue man in jede ein wenig Salz. Daraus kann man schließen, wie das Wetter im kommenden Jahr sein wird, trocken oder nass.

Februar

Februar hell und klar, gibt ein gutes Frühjahr.

Februar Schnee und Regen, deutet an den Gottessegen.

Lichtmesstag (2. Februar): Wenn zu Lichtmess dem Pfarrer die Sonne auf die Kanzel scheint, so muss der Dachs noch sechs Wochen in der Erde bleiben.

Zu Lichtmess werden in katholischen Gemeinden die Lichtkerzen, die man das ganze Jahr beim Gottesdienst braucht, geweiht.

Zu Lichtmess wechseln Knechte und Mägde ihre Stellung.

Zu Fastnacht backt man die fetten Fastnachtsküchlein.

März

Was ein richtiger März ist, soll eingehen wie ein Löwe und ausgehen wie ein Lamm.

Gewitter im Märzen, geht dem Bauern zu Herzen.

Wie das Wetter auf »Vierzig Ritter« (10. März) fällt, vierzig Tage dasselbe anhält.

Sonniger Gertrudentag (17. März), Freud dem Bauern bringen mag.

Es führt Sankt Gertraud die Kuh zum Kraut, das Ross zum Pflug, die Bienen zum Flug.

Maria Verkündigung (25. März) kommen die Schwalben wiederum.

April

Wenn der April stößt laut ins Horn, so steht es gut um Heu und Korn.

Kommt Sankt Georg (23. April) geritten auf einem Schimmel, so kommt ein gutes Frühjahr vom Himmel.

Wenn's an Palmsonntag regnet, so geraten die jungen Gänse nicht.

Am Gründonnerstag muss grünes Gemüse gegessen werden (meist grüne Laubfrösche oder Maultaschen).

Wer am Karfreitag Wasser trinkt, der wird das ganze Jahr von Schnaken gestochen.

Am Karfreitag zeigen sich die verborgenen Schätze der Erde und sind dann leicht zu finden.

Eine Glücks- oder Wünschelrute muss in der Karfreitagsnacht um zwölf Uhr aus einer Haselstaude geschnitten werden.

Am Karfreitag darf man nichts von der Straße aufheben, denn die Hexen halten in der Nacht von Gründonnerstag auf Karfreitag einen großen Umzug und lassen da allerlei fallen.

Am Karfreitag liegen in der zwölften Stunde um Mittag alle Schätze so weit oben auf der Fläche des Erdbodens, dass eine Henne sie herausscharren kann.

Am Karfreitag trauert die Sonne – bis nachmittags drei Uhr.

Die Sonne macht am Ostermorgen, wenn sie aufgeht, drei Freudensprünge.

Mai

Die Nacht zum 1. Mai ist sehr gefährlich, da sind alle Hexen unterwegs.

Mai kühl und nass, füllt Scheune und Fass. Der Mai in der Mitte hat für den Winter immer noch eine Hütte.

Am Himmelfahrtsmorgen vor Sonnenaufgang pflückt man die so genannten Himmelfahrtsblümlein. Man kann sich mit solchen Blumen auch unsichtbar machen.

Juni

Menschen und Juniwind ändern sich geschwind.

Vor Johanni bitt' um Regen, nachher kommt er ungelegen.

Wenn der Kuckuck nach Johanni schreit, ruft er Misswuchs und teure Zeit.

In vielen Orten entzündet man am Abend des Johannistages ein Feuer, über das die jungen Leute springen.

Die Jagst und die Tauber verlangen am Johannistag ein Opfer, deshalb soll man an diesem Tag nicht baden.

Am Johannistag wurde früher in Schwäbisch Hall das Siederfest gefeiert, das später auf den Peter-und-Pauls-Tag (29. Juni) verlegt wurde.

Am Peter-und-Pauls-Tag ist das Nähen eine Gott versuchende, frevelhafte Arbeit. Wer dies dennoch tut, wird vom Blitz erschlagen. Die Jagst fordert an diesem Tag ein Opfer.

Juli

Einer Reb und einer Geiß ist's im Juli nie zu heiß. Wenn der Juli fängt zu tröpfeln an, wird man lange Regen han.

Regnets am Tag unserer lieben Frauen (Mariä Heimsuchung, 2. Juli), da sie das Gebirg tät beschauen, so wird sich das Regenwetter mehren und vierzig Tag nacheinander währen.

Geht Maria übers Gebirg nass, bleiben leer Scheune und Fass.

Kilian (8. Juli), der heilige Mann, stellt die ersten Schnitter an.

Hat Margaret (20. Juli) keinen Sonnenschein, dann kommt das Heu nie trocken ein.

Große Bedeutung hatte auch der Jakobitag (25. Juli). An diesem Tag ist fast überall in den Wirtshäusern Musik und Tanz. An vielen Orten ist Markt. Jakobi ist auch der Schutzheilige der Kirche auf Hohenberg (bei Ellwangen).

Wer am Jakobitag arbeitet, den trifft der Blitz.

Wenn Jakobi klar und rein, wird das Christfest frostig sein.

August

Ist der August im Anfang heiß, wird der Winter streng und weiß. Stellen sich Gewitter ein, wird's bis Ende auch so sein.

Um Laurentius (10. August) gibt es viele Sternschnuppen, die im Volksmund Laurentitränen genannt werden.

Große Bedeutung haben auch die Tage von Mariä Himmelfahrt (15. August) bis zu Mariä Geburt (8. September). Es werden Kräuter geweiht, die eine besondere Kraft haben. Diese Tage werden im Volksmund der Frauendreißiger genannt.

Im August wird auch überall das Erntefest, die Sichelhenke gefeiert. Die Sichelhenke heißt in vielen Orten in Hohenlohe Niederfallet.

Der Bartholomäustag (24. August) wird in bäuerlichen Gegenden als Beginn des Herbstes angesehen.

Wie Bartholomäustag sich hält, so ist der ganze Herbst bestellt.

September und Oktober

Septemberregen ist dem Bauer gelegen. Wenn er aber den Winzer trifft, ist er ebenso schlecht wie Gift.

An Mariä Geburt (8. September) ziehen die Schwalben furt. Und an Mariä Namen (12. September) sagt der Sommer sein Amen.

Regnets sanft am Michaelstag (29. September), sanft der Winter werden mag.

Nahe bei Rot am See, im Weiler Musdorf, befindet sich eine kleine Kirche, die dem Erzengel Michael geweiht ist. Früher war die Kirche ein berühmter Wallfahrtsort. Vor 300 Jahren fand ein drei Tage langer Markt, der Michaelismarkt statt, der mit dem Michaelstag zusammenfiel. Später wurde er in die Burkhardtswoche verlegt und dauert von Dienstag bis Samstag. Burkhardt war der erste Bischof der Franken, im 8. Jahrhundert, sein Tag ist der

14. Oktober. Der Markt wird auf den benachbarten Wiesen und Feldern abgehalten und heißt »Muswiese«. Es ist das große Volksfest der Hohenloher und findet heute noch in der alten Tradition statt.

Auch werden im Oktober die letzten Kirchweihfeste gefeiert.

Ist Oktober warm und fein, kommt ein scharfer Winter hinterdrein; ist er aber nass und kühl, mild der Winter werden will.

November

Der November beginnt für katholische Gemeinden mit zwei wichtigen Feiertagen: Allerheiligen (1. November) und Allerseelen (2. November). Am Allerseelentag werden die Gräber geschmückt, der Pfarrer besprengt sie mit Weihwasser und die Allerseelenlichter werden aufgestellt.

Wenn's zu Allerheiligen schneit, halte deinen Pelz bereit.

Ein volkstümlicher Heiliger, der auch in protestantischen Gemeinden Bedeutung hat, ist Sankt Martin (11. November). Auch heute wird an seinem Tag noch vielfach ein Gänsebraten zubereitet. Ernst Meier schrieb vor 150 Jahren, dass in Schwäbisch Hall an diesem Tag oft mehr als 600 Gänse verspeist wurden.

Wie der Lichtmesstag war auch der Martinstag, der Zeitpunkt zu dem das Gesinde die Stellen wechseln konnten.

Der 30. November, der Andreastag, galt als Orakeltag. Wenn ein Mädchen in der Andreasnacht um zwölf Uhr in den Brunnen schaute, so konnte sie ihren künftigen Ehemann sehen.

Dezember

Wie überall ist auch im Hohenlohischen die Adventszeit die Hinführung zu Weihnachten.

Die drei Adventsdonnerstage vor Weihnachten, hießen die Knöpfleinsnächte. In Bühlertann und Umgebung hießen sie auch »Anklopfet«. An diesen Abenden zogen Knaben durch die Orte, sangen bestimmte Lieder und warfen aber auch oft Erbsen und anderes an die Fenster. In Schwäbisch Hall wurden nach einem Ratsprotokoll, im Jahre 1685 die Knöpfleinsnächte verboten.

Ein Tag, der bis heute seine Bedeutung nicht verloren hat, ist der 6. Dezember, der Tag des heiligen Nikolaus. Verändert hat sich, dass der Nikolaus keine Rute mehr bringt, sondern nur noch Geschenke.

Die Zeit zwischen den Jahren, von der Nacht des Heiligen Abends bis zum Dreikönigstag, die Heiligen Nächte, auch Lostage genannt, war für die Menschen früher von besonderer Bedeutung. Es war eine Zeit der Wiederkehr der Seelen und des Erscheinens von Geistern. Auch erlauben Orakel den Blick in die Zukunft. Eine Zeit der inneren Ruhe, die der heutige Mensch wieder für sich entdeckt.

ALLANSON. Sc

Quellenverzeichnis

Märchenhaftes

Die Quellenjungfrau
nach mündlichen Erzählungen
Aschengrittel
Ernst Meier: Deutsche Volksmärchen aus Schwaben. Stuttgart 1852
Schwan kleb an
Ludwig Bechstein: Deutsches Märchenbuch. Leipzig 1857
Der Teufel und die Nähkathrine
Eugen Geiger: In der Leute Mund. Stuttgart o. J.
Der beherzte Flötenspieler
Ludwig Bechstein: Deutsches Märchenbuch. Leipzig 1857
Die Knaben mit den goldenen Sternlein
ebenda
Die drei Hunde
ebenda
Des kleinen Hirten Glückstraum
ebenda
Frau Holles Spinnfäden
Nach mündlichen Erzählungen
Die drei Musikanten
Ludwig Bechstein: Deutsches Märchenbuch. Leipzig 1857
Der Holzhauer und seine Frau
Ernst Meier: Deutsche Volksmärchen aus Schwaben. Stuttgart 1852
Von treuer Freundschaft
Albert Ludwig Grimm: Kindermärchen. Heidelberg 1809
Die Maus und die Katze
Nach mündlicher Erzählung

Das Wasserweible und die Bären
Nach mündlicher Erzählung
Der Schulzenmichel und der Tod
Eugen Geiger: In der Leute Mund. Stuttgart o. J.

Von Rittern, Räubern und Städtern

Eppelein von Gailingen
Württembergische Volksbücher: Lustige Geschichten. Stuttgart o. J.
Der Straussenkrieg in Hall
Wüttembergische Volksbücher: Geschichten aus schwerer Zeit. Stuttgart o. J.
Das Malefizkreuz
Nach mündlicher Erzählung
Der wilde Rechenberger
Ernst Meier: Deutsche Sagen, Sitten und Gebräuche aus Schwaben. Stuttgart 1852
Der Edelmann von Lohr
Wüttembergische Volksbücher: Sagen und Geschichten. Stuttgart o. J.
Zerstörung von Neufels und Maienfels
Württembergische Volksbücher: Geschichten aus schwerer Zeit. Stuttgart o. J.
Der Letzte von Hohenstein
Württembergische Volksbücher: Sagen und Geschichten. Stuttgart o. J.
Die Haller erobern Klingenfels
Württembergische Volksbücher: Geschichten aus schwerer Zeit. Stuttgart o. J.
Das Gottesgericht
Carl Schönleber: Sagen und Geschichten. Wüstenrot o. J.

Die beleidigte Edelfrau
Württembergische Volksbücher: Geschichten aus schwerer Zeit. Stuttgart o. J.
Die drei Ritter von Oberrot
Sammlungen der Württembergischen Landesstelle für Volkskunde, Stuttgart
Ritter Kunibert von Katzenstein
ebenda
Hans von Stetten und die Städtemeisterin
Württembergische Volksbücher: Sagen und Geschichten. Stuttgart o. J.
Der Teufel und der Salzsieder
Ernst Meier: Deutsche Sagen, Sitten und Gebräuche aus Schwaben. Stuttgart 1852
Der Siedershof
ebenda
Kaiser Friedrich III. zu Hall
Württembergische Volksbücher: Lustige Geschichten. Stuttgart, o. J.
Peter und die Räuber
Carl Schönleber: Mainhardter Wald. Öhringen 1931
Das Vermächtnis von Niederstetten
Anton Birlinger: Volksthümliches aus Schwaben. Freiburg 1861
Der verfluchte Bauherr
Rudolf Kapff: Schwäbische Sagen. Jena o. J.
Die Waldenburger Fasnacht
Sammlung der Württembergischen Landesstelle für Volkskunde, Stuttgart
Fliegendes Blatt vom Jahr 1570 aus dem Fürstlichen Archiv zu Neuenstein
(hier nach H. Bausinger: Volkssagen und Geschichten)

Die verlorenen Akten in Crailsheim
Bernhard Baader: Volkssagen aus dem Lande Baden und den angrenzenden Gegenden. Karlsruhe 1851, Band I
Die Gräfin zu Schönenburg
Württembergische Volksbücher: Sagen und Geschichten. Stuttgart o. J.
Ein mit Wein erbautes Gotteshaus
ebenda
Ein Diebstahl und seine Entdeckung
ebenda
Die Bürgermeisterin von Crailsheim
ebenda

Seltsame und unheimliche Geschehen

Der Schuster und das Gespenst
Bernhard Baader: Volkssagen aus dem Lande Baden und den angrenzenden Gegenden. Karlsruhe 1851, Band I
Die Herrgottskirche bei Creglingen
Württembergische Volksbücher: Sagen und Geschichten. Stuttgart o. J.
Die Schlüsseljungfer
Ernst Meier: Deutsche Sagen, Sitten und Gebräuche aus Schwaben. Stuttgart 1852
Einkehr des Wilden Heeres in Öhringen
Bernhard Baader: Volkssagen aus dem Lande Baden und den angrenzenden Gegenden. Karlsruhe 1851, Band I
Das Zauberbuch des Geistlichen
ebenda
Die Heiligkeit des Feiertags
Ernst Meier: Deutsche Sagen, Sitten und Gebräuche aus Schwaben. Stuttgart 1852

Der Löffelstein

ebenda

Der unterirdische Gang im Kloster Gnadental

Nach mündlicher Erzählung

Der vergrabene Schatz von der Anhäuser Mauer

Nach mündlicher Erzählung

Wer nicht dienen will, findet keine Ruhe

Nach mündlicher Erzählung

Der Hansjakob im Luckenbach

Eugen Geiger: In der Leute Mund. Stuttgart o. J.

Die Wasserfräulein bei Mergentheim

Nach mündlicher Erzählung

Der goldene Flachs

Bernhard Baader: Volkssagen aus dem Lande Baden und den angrenzenden Gegenden. Karlsruhe 1851

Der Ungeheuerbrunnen

Ernst Meier: Deutsche Sagen, Sitten und Gebräuche aus Schwaben. Stuttgart 1852

Der gründische Brunnen

Anton Birlinger: Aus Schwaben, Sagen, Legenden, Aberglaube. Wiesbaden 1874, Band I

Die Brechhöldere

Nach mündlicher Erzählung

Die entführte Magd

Nach mündlicher Erzählung

Der dreibeinige Hase

Rudolf Kapff: Schwäbische Sagen. Jena o. J.

Die weise Frau in Rot am See

Anton Birlinger: Volksthümliches aus Schwaben. Freiburg 1861

Die Klopferle im Mergentheimer Spitalkeller

Nach mündlicher Erzählung

Der Hase von Tüngental
Ernst Meier: Deutsche Sagen, Sitten und Gebräuche aus Schwaben. Stuttgart 1852
Die Glocken von Tiefenbach
Württembergische Volksbücher: Sagen und Geschichten. Stuttgart o. J.
Die Glocke von Bernhardsweiler
Ernst Meier: Deutsche Sagen, Sitten und Gebräuche aus Schwaben. Stuttgart 1852
Die Waldtanner Glockensage
Nach mündlicher Erzählung
Der Bau von Sankt Wendel bei Dörzbach
Anton Birlinger: Volksthümliches aus Schwaben. Freiburg 1861
Umgehender Amtmann
Bernhard Baader: Volkssagen aus dem Lande Baden und den angrenzenden Gegenden. Karlsruhe 1851
Die Rache des Konradle
Ernst Meier: Deutsche Sagen, Sitten und Gebräuche aus Schwaben. Stuttgart 1852
Der Jäger Kuornle
ebenda
Das Villingertalfräule
Anton Birlinger: Volksthümliches aus Schwaben. Freiburg 1861
Der schussfeste Bauer
Anton Birlinger: Aus Schwaben, Sagen, Legenden, Aberglauben. Wiesbaden 1874, Band I
Der Neuhausgeist
Rudolf Kapff: Schwäbische Sagen. Jena o.J.
Der Haalgeist
Ernst Meier: Deutsche Sagen, Sitten und Gebräuche aus Schwaben. Stuttgart 1852

Warum in Waldtann am Samstag kein Mist gefahren wurde
Nach mündlicher Erzählung
Die Kellerappel
Ernst Meier: Deutsche Sagen, Sitten und Gebräuche aus Schwaben. Stuttgart 1852
Der Schlangenstein
Martin Crusius: Schwäbische Chronik. Übersetzt von J. J. Moser. Frankfurt 1733
Vom Regenbogenschüssele
Nach mündlicher Erzählung
Die Glückskäferlein
Sammlungen der Württembergischen Landesstelle für Volkskunde, Stuttgart
Das Geheimnis der schwarzen Frau
Nach mündlicher Erzählung
Der Spuk im Pfedelbacher Pfarrhaus
Nach mündlicher Erzählung
Justinus Kerner: Magikon. Stuttgart o. J.
Das Raalmännle
Nach mündlicher Erzählung
Der Schwarz von Orlach
Nach mündlicher Erzählung
Marie Niethammer: Erinnerungen. O. J.

Von Schelmen und Narren

Der sparsame Waldtanner
Nach mündlicher Erzählung
Der Gaukler von Hall
Ernst Meier: Deutsche Sagen, Sitten und Gebräuche aus Schwaben. Stuttgart 1852
Doktor Faust in Schwäbisch Hall
ebenda

Der Haller Mond
Nach mündlicher Erzählung
Er kann nicht Französisch
Württembergische Volksbücher: Lustige Geschichten. Stuttgart, o. J.
Die hohenlohische Bäuerin und die schwäbische Pfarrfrau
Rudolf Schlauch: Hohenlohe. Stuttgart o. J.
Der Geißkauf
W. German: Haller Doovelich. Hall 1907
Das verlogene Wetterglas
Württembergische Volksbücher: Lustige Geschichten. Stuttgart, o. J.
Warum die Jagstheimer Eierleger genannt werden
Bernhard Baader: Volkssagen aus dem Lande Baden und den angrenzenden Gegenden. Karlsruhe 1851, Band I
Die Distelfinken
Nach mündlicher Erzählung
Jagdgeschichte vom alten Gäwele
Wilhelm Schrader: Gschichtlich vum alte Gäwele. Öhringen o. J.
Vom Jägerlatein des Barons
»Schwabenland«, Jahrgang 1897 bis 1899

Bräuche und Aberglauben

Alte Bauernregeln

Anton Birlinger: Volksthümliches aus Schwaben. Freiburg 1861, Band II
Handwörterbuch des deutschen Aberglaubens
Ernst Meier: Deutsche Sagen, Sitten und Gebräuche aus Schwaben. Stuttgart 1852
Sigrid Früh: Rauhnächte. Waiblingen 1992
Sigrid Früh: Die vier Elemente. Waiblingen 2000

Außerdem verwendete Literatur

Heino Gehrts: Das Mädchen von Orlach. Stuttgart 1966
Otto Rombach: Atem des Neckars. Stuttgart 1970
Richardt Schmidt: Hohenloher Land. München 1971
Gerda Schröder-Lerch: Langenburger Kaleidoskop. Gerabronn und Crailsheim 1993